属于我们最好的时光

TO THE BEST OF OUR TIME

沈嘉柯 著

致所有爱过的人

U0955199

沈嘉柯十年故事精选集

世界知识出版社

图书在版编目（CIP）数据

属于我们最好的时光：沈嘉柯十年故事精选集 / 沈嘉柯著.
— 北京：世界知识出版社，2016.4
ISBN 978-7-5012-5198-8

Ⅰ. ①属… Ⅱ. ①沈… Ⅲ. ①故事—作品集—中国—当代 Ⅳ. ①I247.8

中国版本图书馆CIP数据核字(2016)第073714号

出品人 赵 雷
总策划 紫 总
责任编辑 余 岚 刘 喆
责任出版 赵 玥
责任校对 张 琨
封面设计 付诗意
内文设计 尹志亮

书 名 属于我们最好的时光：沈嘉柯十年故事精选集
Shuyu Women Zuihao de Shiguang:Shen Jiake Shinian Gushi Jingxuanji
作 者 沈嘉柯

出版发行 世界知识出版社
地址邮编 北京市东城区干面胡同51号(100010)
经 销 新华书店
印 刷 北京市十月印刷有限公司
开本印张 880×1230毫米 1/32 8印张
字 数 209千字
版次印次 2016年6月第一版 2016年6月第一次印刷
标准书号 ISBN 978-7-5012-5198-8
定 价 38.00元

[目录
CONTENTS

告诉你爱的人，你多真多深刻

一群男生一边在喝酒，一边在玩真心话大冒险。

“林海洋，告诉你爱的人，你多真多深刻。”

“不。她好，我就好。”林海洋躺在病床上，笑着摇头。

“林海洋，真爷们。”舍友们啧啧赞叹。

◇ 1 ◇

谢辰喜欢她的老师陈磊。

17岁参加高考，小城市里的文科第二名，分数越过了一本线几十分，愣是没上成武汉的名校。她的第二志愿带着她到了冷得彻骨的哈尔滨，跟那些只看《船舰知识》《兵器》杂志的男生们读一个大学。

谢辰喜欢的陈老师并不授课。

18岁的谢辰摘掉口罩取下围巾，在索菲亚教堂门口喂鸽子。那个有名的喂鸽子的电影明星全国人民都知道，谢辰的下落行踪就只有林海洋知道。有一个人知道，就不算寂寞。

谢辰喜欢的陈磊是个大她十岁的年轻人，在校学工处上班，他完全没有老师的架子，亲切得就像所有学生的好兄弟好哥们，唇红齿白高大活泼，讲起小黄段子的时候头顶的卷毛微微颤抖。

16岁的谢辰，夏天到武汉的亲戚家玩，路过光谷的一场青年创业汇。每个演讲的人都被标注出地址身份。散场以后，陈磊跟一群人在交流中心附属的咖啡馆聊天，哈哈大笑的时候，隔了两张桌子的谢辰心里就雪崩了。

原来真正爱上一个人，这样满心惶恐和悲伤，过去的自己刹那间死掉，另外一个自己冒出来。笑声听久了，谢辰觉得自己就像雪里藏尸，悲伤得回天乏术。

复活的办法只有一个。

去找他。

◇ 2 ◇

谢辰去找他了。

而今她和喜欢的人只有一步之遥，唇红齿白的陈磊忙着跟请来的嘉宾说，“老师您别怪这孩子，她实在是太老实了不爱说话，招呼不周您多包涵。”

只有参加他负责的活动，才能离他这么近。谢辰积极参与，主动靠近。陈磊呼吸的热气冲着谢辰的脸上喷过来，她深呼吸，然后喝光了一大瓶秋林格瓦斯，没酒精，也醉得她满脸通红。可惜东北太冷，冻得人看不出一个女孩的脸红。

零下二十摄氏度的哈尔滨地上的雪总是不融化，又干又有粉末，像攒了世上所有的盐，腌制所有不高兴的心。

林海洋不高兴，心像被腌制过一样。

“西安大把的学校，来这么冷的地方，你这个脑残。”

“没人要你喜欢我，还一直跟着。你更傻。”

“傻我乐意。”

“脑残我愿意。”

没法阻止林海洋第一第二第三志愿都填了和自己一样的学校。

“我要是上了第一志愿去武汉，你就自己在这吹冷风看冰雕吧。”

“退学再考呗，哪个学校我考不上？”学霸林海洋的人生中没有低分这个词。

“你个傻子。”

“你个脑残。”

谢辰跟林海洋分吃一碗锅包肉，脑残和傻子决定大冬天一起排队去中央大街吃冰棍。越吃心越凉，能止痛。

大街上漂亮的外国妹子在跳跃拍照，谢辰建议林海洋：“你要不找个毛子妹妹呀，腿长胸大，太好看了，我看了都动心呢。”

“不，我就爱你这种。”

“什么意思，你说我不大不长不好看？”谢辰一巴掌抽过去，林海洋抓住她的手，再往自己脸上凑。

“呸。”

经过索菲亚教堂的时候，林海洋进去了，谢辰没进去。俄国人只用红砖就盖了这么漂亮的建筑，可是漂亮的东西除了保存参观，还有什么用?

她一边喂鸽子一边思考，上帝真是个天才，还发明了爱情这个东西，令人类一念天堂一念地狱。你想谈情说爱的人，没有跟你谈情说爱。

至于林海洋，他想谈情说爱的人，只想跟别人谈情说爱。

这叫什么事呢？脑残和傻子天作之合，笨蛋跟蠢货同病相怜。人间景物再美好，也是煎熬身心的地狱。她觉得胸口有点痛，但哭不出来。

为什么要哭？她坐了那么远的火车，用上了青春里最大的勇敢无畏，到了他身边，必须要走下去。

谢辰拿出手机，让陈磊的照片占据了整个屏幕。

对着冬日耀眼洁白的阳光，谢辰轻轻地问手机：“你喜欢我吗？你知道我喜欢你吗？”

◇ 3 ◇

谢辰跟林海洋一起回学校的时候，林海洋说等一等，他买了一大份汤粉拎了一路。宿舍里的同学都不在，为应付期末考试去图书馆用功了。站在女生宿舍的窗户前，谢辰喝一口热汤，眺望林海洋哼着歌走开。林海洋就像十岁时候，帮自己代笔了功课那样开心。

在中学时代，怎么玩都学习第一的林海洋，肩负厚望。快六十岁的老校长觉得自己最后的职业生涯里，一定会因为林海洋而荣耀。没想到二十年一遇的清华北大苗子，后来神不知鬼不觉地毁在谢辰手里。

感动吗？感动。自私吗？自私。谢辰发现人心太奇怪了，暖男不值钱，冰男才诱人。

她喜欢的陈老师，一直没听说有女朋友。平时聚会，小男生们起哄，陈老师喜欢什么样的女孩？是咱们本地人高马大的，还是南方小巧玲珑的？

陈老师就说，最好有咱们东北的身材，南方的性格。一群年轻的孩子纷纷大笑。谢辰放下奶茶，把亲手织好的围巾，非常细致地包裹好，再去学校服务中心发一件快递。卡片落款的名字，留言直白地倾诉，心意全盘托出，就等待对方裁决。

此时此刻，谢辰接了个电话。“辰辰，吃得好不好，穿羽绒服了没？你个死丫头跑那么远搞什么，想死妈妈了。”

“爸爸过两天就来看你，你妈妈天天念叨，有时候还哭了。”

“你们别来了，这两天还要降温，反正就快放寒假了。”

“什么时候放假，我和你妈去接你吧！”

“不用麻烦了，你们等我回家。”

跟爹妈对话了几分钟，挂了电话谢辰就在宿舍哭了。她从来没有如此想念过他们，自己无限依赖的爹妈，居然也如此脆弱。

小孩子要长大，先从告别开始，辜负爸妈天经地义。她不去温暖的南方，不赴西安，不去武汉，不上北京，直奔哈尔滨。用了老套得不能再老套的老伎俩，她高考做错几道题。

如果成功，她会留在哈尔滨。如果不成功，她还得待四年，勇气花光了，没法再去考试重来。

这是一个巨大的冒险。

林海洋真的没必要这样被牺牲。

◇ 4 ◇

高中时，谢辰问："林海洋，你到底为什么这么喜欢我？烦恼死了。"

"我也不知道，也许以后你会懂。"林海洋像个先知。先知道什么叫情不知所起一往而深的人，的确就是先知。

大学，谢辰跟林海洋说，"林海洋，你现在退学还来得及。你应该去念清华北大，最起码，你还可以去读个武大，在樱花暖洋洋盛开的时候满学校泡妹子。"

可是她有点害怕。林海洋真的就幡然悔悟，放下自己，重新开始。

哪有什么勇敢无畏，只不过是把最亲的人抛在了脑后。只有一个林海洋不离不弃，死缠烂打。

林海洋说："我等你。"

谢辰忽然想起来，小时候去公园玩，丢了个帽子，路上才想起来。后来她嫌远，也没回去找，心里很懊恼。小女孩就发誓，心爱的东西，千万别让自己后悔。

林海洋不是帽子，是备胎。她从来没喜欢过他，她知道林海洋一定选她选的大学。为了爱情变得罪恶，谢辰也想不到自己会变成这样。

她人生中第一次重要的冒险，有人作陪，她并不孤独。如果世界上有另外一个自己，另外一种比爱情更加深沉的爱，她愿意完全献给林海洋，完成一生中最平凡的爱。

但现在不行。

◇ 5 ◇

三天后收到陈磊老师的回复时，谢辰出门了。

沿着长长的冰河，谢辰看见一个渺小的黑色影子在挪动。似乎遥遥对望到了彼此。她满心欢喜，顾不上觉得那影子很眼熟。

他们打车去了松花江畔的老店子，吃了一顿鲜美的饺子。

在冰冻的河面上，一个晨练的老头跟自己家的狗子玩耍。老头踩到了河面冰层薄弱的位置，脚卡住了。

林海洋就在现场，还去救老头。老头的狗也去拉扯，林海洋不小心半个身体就陷了进去。

◇ 6 ◇

后来他们全被救了，但是林海洋在寒水里浸过，患上严重的肺炎，险些丢掉小命。打吊瓶打了15天。虽然得到表扬，但气急败坏的家长千里之外赶来，把孩子接走了。家长又不是白痴，多多少少旁观者清，明白一点。

为什么舍身救人？林海洋对来采访的新闻记者说，这是每个当代大学生都应该做的。

这个答案很标准，但林海洋把真相埋下，不打算让它重见天日。

绝望的人，当时不觉得自己还有什么重要的。他沿着冻住的河流慢慢走着，抬头看见老人和黑狗遇上麻烦，就奋不顾身伸出援手。

因为救人而默默消失，不失为一个很好的安排，对全世界都有了合理交代。

依稀雪下大了，林海洋一家人已经被的士接走了，坐飞机回陕西。

谢辰忍住不去看望林海洋，当他走人了，她一口气狂奔一千多米，趁夜去了林海洋所在的男生宿舍楼下。

“干吗？”同学问。

“也没什么重要的事，就是看看他有没有落下什么东西，我回头给他带回去。”

“你才来啊！我们都知道林海洋喜欢你，这家伙真是没救了。你的心也太狠了吧！他那天就是去追你，才遇到这事。”同宿舍的男生这样埋怨。

谢辰无言以对。她的告白，被陈老师拒绝在饺子馆了，因为陈老师已经离婚了，孩子归妻子，中国人不喜欢提到自己离过婚。至于跟学生谈恋爱，更加不可能，他还没傻到想要丢工作。这些事，只好单独见面说清楚。

谢辰已经做好了心理准备。她只想跟喜欢的人正式约会一次，顺便被林海洋目睹，让他彻底死心滚蛋。

可她没想到会发生意外。谢天谢地，没铸成大错。

林海洋一个宿舍的男生拿出一段拍摄的短片，呈现在她眼前。

一群男生一边在喝酒，一边在玩真心话大冒险。

“林海洋，告诉你爱的人，你多真多深刻。”

“不。她好，我就好。”林海洋躺在病床上，笑着摇头。

“林海洋，真爷们儿。”舍友们啧啧赞叹。

林海洋的眼里有光，像幼小的动物，撞见自己庞大黯然的灵魂。豁出去了，哪怕倾其所有，还是一无所有。

谢辰哭了。

雪在头顶飘落，谢辰穿过红旗大街，边走边给林海洋发微信，发QQ，发短信，发私信，“要走一起走，我们南方见。”

◇ 7 ◇

从哈尔滨到西安，四川航空的飞机餐居然还提供辣酱。前排的父母还在指责学校抱怨自己，当初就该决定儿子的大学志愿，不能由着林海洋。

林海洋静静地看着外面，地上的灯火渐渐缩小，自己怎么会为了一个女孩那么折腾？眨眼已经九年了。

可是折腾以后，他得救了。掉到冰水中时，大脑清醒得无比哀伤，宛如洗礼，脱胎换骨。他本想就此沉下，挺想以此解脱。但他又觉得，这样子，谢辰会觉得都是她害他的？林海洋挣扎起来，一手抓住老头子，一手抓住了狗腿，胜利上岸。

这九年有意义吗？林海洋笑了，他很佩服谢辰。他想向所爱的女孩，借一点勇敢。

先有你的一路不停，才有我的走到最后，虽然我们两个人，结局不一样。

完完整整去追过自己喜欢的人，虽败犹荣，不会后悔。下一次他要把心交给一个会去接的女孩。登机前，他丢了自己一直用的旧手机。

在青春最繁盛的时候，
如果你喜欢一个人，
就完完整整去追，
你才不会后悔，
你才能把喜欢变成爱。

轮渡那头是故人

“废材救了你，拿什么谢他？禾信，你是该以身相许了。”

她们说，她们又说，她们再说，连续几天她们乐此不疲。

“当然。”禾信口齿不清龇牙咧嘴，恶狠狠地回答。

在打自己嘴巴和以身相许之间，禾信必须做出选择。

◇ 1 ◇

禾信没有见过这么想发财的人，午饭时间雷打不动到楼下买一张六元三注的彩票。这样的男人每天脑海里都有些什么在打转，绝对不是谜。

禾信很想借用著名导演的老梗进行规劝，人不能爱财到这样的地步。但终归禾信在心里默默念叨了一千遍一万遍，却一个字都没有蹦出齿缝。

事不关己高高挂起，道理越老越有道理。

人活在世上也不能没有外号，除非你不跟人打交道。手指尖尖十分漂亮的是小葱，身材椭圆的是橙子，至于天天想发财又姓费名成的男人，自然就叫废材。

整个办公室，也就是个动植物俱乐部。奇妙的是这个男人一贯不生气，无论如何也不生气，就算知道大家背后称他废材。

这是个宜室宜家的男人，女性们在闲扯八卦的时候，郑重做出了鉴定。

也许会有一个女孩子中意宜室宜家的男人，在人群中找到费先生，但绝对不是我们之中的任何一个，禾信宣布终审判决。

那天早上禾信皱着眉头看文案，边看边敲键盘，核对电脑显示的错误字词。直属上司巡回来了，眼光落到禾信的脸上，立刻皱眉。

“禾信，上班不要吃东西。”

禾信张张嘴巴，企图辩解，但唇齿失控来不及发言。

上司的嗓门越发提高，“你听见没有？”

如果可以，禾信一定吐，但她实在做不到。她想哭，但成年人不能够哭。禾信希望有人来救她，相好的小葱、大鱼或水果，沉默温柔极具美德。关键时刻毫无义气，禾信在心里一个劲儿问候她们的祖宗。

“她其实是牙坏了，肿得嘴巴老高，就像是在吃零食。”当时当地废材男挺身而出。禾信解了围。上司始终是上司，要面子。“哦”一声没道歉就撤了。

“废材救了你，拿什么谢他？禾信，你是该以身相许了。”她们说，她们又说，她们再说，连续几天她们乐此不疲。

“当然。”禾信口齿不清龇牙咧嘴，恶狠狠地回答。

在打自己嘴巴和以身相许之间，禾信必须做出选择。

◇ 2 ◇

“说吧，你想我怎么谢你呢！”禾信很认真地问。禾信知道自己，看起来狡猾精明，其实心比豆腐。最重要的是，她识好歹。谁对她好，她知道。

“张，张家云，你不用客气。”废材很认真地说。

那我以身相许吧！禾信做出了选择。

不过不是禾信的身。是葱花、龙俐鱼跟新西兰大红橙的肉身。火候刚刚好，盘子端出来，一眼看上去，红红绿绿很好看。废材小心翼翼吃了第一口，酸酸甜甜最可口，忍不住发出赞叹，想不到你的手艺这么好呀！

当然，禾信敬谢不敏。然后禾信很随便地问了他几个问题。

问题都得到回答，有存款，不够买房，还在努力。他的脸普普通通，但不难看，看久了也会顺眼。吃完了禾信收拾打扫桌子，送恩人出门。站着门口，这个男人忽然又重复了一遍，“你做的鱼，味道真的很不错。”

她也听出来了，那是一点点恋恋不舍。然而禾信终于还是说：“再见。”

如果是16岁禾信可能多多少少没这么坚决，26岁的女人，最好现实一点。梦想发财的，跟发财了的，差了距离。所以禾信要等的不是费先生。在租来的公寓里看着电视，禾信安慰自己，要相信你所期待的必定出现。

但是，谁又是生来如此现实？

◇ 3 ◇

在废材意识到没戏而萎靡的时间里，禾信保持镇定。废材男不是好的选择，却是一个好开端。一个多星期后，禾信被约会了。男方姓丘名安，家住市中心某小区，年纪不算太老，只是快要三十岁。尤其重要的是，他还算干净。见面是在公务场所，男人要了禾信的电话。然后就开始约她出来吃饭。

吃了一次两次三次，禾信就知道得越来越多。

丘安服务于一家很牛的公司，这注定了他就是青年才俊。禾信没有想到梦想实现得这么快，丘安对她很好，公司年度定额安排的出国机票，折换成了人民币，任凭她支配。足够买三四个C字头的包。禾信真的买了一个，不打一点折的原价新款。

“等你习惯了我对你这么好，你就跑不掉了。”男人捏着禾信的鼻子说。

哦，这就跟养熟的宠物一样，别无出路，好吃好喝好穿的生活，太难割舍。禾信不是不明白这个道理。可是，有人愿意如此养着你，已经是天大的幸运。

禾信开始请假，请得多了，干脆就不上班了。她已经见过了丘安的父母，表现良好，通过了家长关。结婚大概是迟早的事，就连去哪里度蜜月，禾信都有计划。还能是哪里，当然是迪拜啊!

正式离职是个秋日，她没有跟一干女性密友告别，是的，她一定会被嫉妒被嘲讽，她看穿了她们都是小女人，可以共享八卦，不可以彼此祝福。

站在门口，禾信看见仍然顶着废材外号的费成，低头对着桌面，没有抬头目送她。他们没有视线交集的机会。

算了，就这样再见吧。

她桌上没有带走的零散物品，有用的大家自然会瓜分。

有人拿走了她最常用的圆珠笔。

◇ 4 ◇

禾信再次见到费成，还是在吃东西。这一次他们吃的是烧烤，在这个城市小吃街的老巷子里，坐在烟火缭绕的烧烤店角落。相对而坐，并不客气。扇贝生蚝之后，是茄子。

尾端还带着娇嫩碧绿的茄子叶的肥大茄子，对半剖开，直接在炭火上烤，肉质渗透出汁水，撒点盐，吃起来柔软而鲜美。

“你有女朋友了吗？你还在做发财梦吗？你还在买彩票吗？”禾信边吃边问。

费成边吃边摇头。他脑门上都是汗，他吃得多，禾信吃得少。他还说：“你结婚了，过得这么好，挺好的。”

“你后悔了吧！要是你当时主动追我，说不定我就嫁给你了！”禾信抬头，看着这个旧日同事的男人，如是说。

男人也看着她，照着老样子笑了，有点羞涩，说：“是后悔啊！看你第二天态度冷冰冰的，就不敢跟你说话了。”禾信也笑，发自内心的笑，她说：“你多吃点啊，够不够，再来一份生蚝吧！我请你吃啊，可要吃好啊！”

男人说："好啊，好啊！那就再来一份吧！烤茄子也要。"

这些食物都很美味，但禾信吃得不多，她吃的是更高级更美味的精神食粮。

在公司的楼下遇到了费成，禾信喊他的外号，他们有两年没见了。这个男人愣了一下，居然露出久违亲切的笑脸，跟她打招呼回应了，居然还愿意跟她一起吃东西。到今天，他还承认了他是喜欢她的。

她如数家珍，去过的国家，住过的酒店，吃过的东西，逛过的景点"我都能用英语跟小贩讨价还价了"……她一直在说，他一直在听。

禾信觉得很饱了。

很满足的饱，很痛快的饱。

吃饱以后再逛了一圈江滩，他送她上了轮渡，看着她进了闸关。禾信觉得那种眼神，似曾相识。没错，就是那一次送他出门，在门口逗留片刻的眷念目光。

◇ 5 ◇

28岁的费成转过身，慢慢往回走。他要坐52路公交车回家。

他姓费名成，他浪费了人生的28个年头，在爱情上仍然一事无成，可是，总会有人愿意跟他走到一起的。只不过不是她。

当他回过头，再次看见了她，他措手不及，很紧张。他听见她接电话撒娇，手机泄露出另一方的宠溺，"禾信你玩归玩，记得不要太晚。"

他都听着，间或看着她微笑。

他想过用那只笔写点卡片祝贺，但没有地址也就作罢。不常用的圆珠笔，搬家后就不知道丢哪里去了。

他还是没有中彩票，终于存够钱了，终于买房了，但他还是一个人。他也约会过别的女生，来逛过江滩，坐这班次的车回家。但他从来没有像今天这样，心中充满了一种奇妙的情绪，难以言喻而又填满了胸口。

他今天找到了答案。

他的答案是，他依然爱着她。

一个人很普通，也可以这么深情地去爱一个人。

为了这个意想不到的答案，费成开始笑，渐渐弯下腰。女公交司机小声嘀咕："神经病。"

轮渡离开码头，时间晚了，乘客不多了。28岁的禾信没有找椅子坐，她靠着栏杆看江水。灯火倒映，更有光辉。这样漫长的江，流过千里万里，没有流出笼罩半个地球的夜。

她不会后悔她要的人生。只是此刻她捂住脸，曾经拔牙的那一边，纯属记忆的痛遥遥扑来，她想哭。谁此刻在世界上某处哭，无端端在世界上哭。在哭着谁?

人生如此圆满，旧识如此圆融，全情作陪成全她的幸福感，还有什么不满足？如果有一件事是严重的，那就是轮渡那头，已经是她的故人。

相爱却不能在一起，
我们的人生不圆满。
当你老了，
想起故人，
心中充满痛楚的甜蜜。

且以情深共白头

我们在一个人那里缺失的，是不是会在另外一个人那里填上？

山上的风，吹得人摇摇晃晃。虔诚的时刻，瞬间所有人都安静。

于陆要林深也许个愿。

林深说：“已经许了，你别问。”

在你还是少年的时候，有没有突然盯着头顶的月亮，看上老半天？这个常常看见的寻常事物，某一天大不一样，照在你的心上。无所遁形，一片雪白。

◇ 1 ◇

林深在电影院打工的时候，倒了胃口。再好的片子，一看再看也没了意兴。入场散场，迎来送往，她只看观众的队形，就知道今天最受欢迎的是什么电影。搞笑片成群结队，爱情片成双成对，大众热门片人山人海，儿童片哭闹难免，冷门票房毒药寥寥数人。

那天的晚场，画面上群峰山间云雾缥缈，故事的主角连人都不是，而是一只猪。

林深看第一遍的时候，想起了很多事情。那是她在电视台当实习生的时候，跟着一群人组织的采风活动，他们进山了。在山上露营的时候所有人叫她小林酱，只有一个女孩的时候，男孩们珍视她像一座珍稀的宝藏。电影里的主角，那个叫麦兜的猪，也在武当山。

林深第一次到武当山，是跟六七个男生，还有三五个长者一起来的。这是一堆摄影狂魔，林深是他们的义务模特。

一眨眼，这次旅行已经过去了好一段时间。眼下，她在电影院工作。有个男孩坐在第四排哭。

大男生一个，哭成这样，林深有点瞧不起。而且她要收工下班回家，得把男孩尽快请出去。

男孩说他跟女朋友说好了去金顶许愿，还没一起去旅行，就分手了。他们本来准备结婚的，存钱快买房子了，男孩说人心真是被猫吃了，说变就变，女朋友跟别人跑了不说，还取走了卡里一半的钱，说要帮助艺术。他实在搞不懂。

林深掏出口袋里的手帕给男孩，让他自己擦脸，眼睛却看着麦兜亮出的仙鹤展翅。哦，也许是白虎掏心，林深记不大清楚。

男孩哭够了，平静了，跟林深道谢，要请她吃夜宵。

下班已经凌晨一点，半个武昌黑灯瞎火，淡淡的雾气覆盖了夜空，让人有一种说不出的忧愁。隐约有个收工回家的路人，开了手机音乐的外放，放着年度神曲。

这附近哪有什么夜宵，林深拒绝了他。

对陌生男孩还是要警惕一些，谁知道他是不是一个狡猾高明的骗子？

◇ 2 ◇

于陆的襄阳豆腐面俘获了林深的心。

想不到爱哭的男孩做得一手好面，他拉开店子的卷门，专门为她开火。在林深拿筷子卷起面条时，他把小半生如数家珍地交待给林深。

17岁没考上大学的少年，平时成绩凑合，偏偏就是考不上。在家混了一年学技术，不过耐不住无聊乏味，觉得烦了。19岁的时候，据老乡介绍只身到武汉一家工厂操作机床。这份工作相当清闲，操作大设备只需要盯着机器，按一些按钮。一切流程都写在牌子上，固定在操作室里。

厂里很需要读过书，但是还没读到大学的年轻人。这样就可以用适当的成本，招聘进来。福利还行，包吃包住。但是在郊区的工厂里，没有娱乐，白天还好，夜晚更加寂寞。巨大的孤独感让人觉得心中空荡荡的。

有一天，一个工友狂奔出操作室，大声呼救。留在现场的于陆凑近去看，被工友切断的手指吓到了。那个血淋淋的断指还带着温度，似乎暗示着，这里的一切，都不值得留恋，快走吧，越快越好。

他跳槽去了西餐厅。洗干净脸穿上制服以后，领班赞了一句人模狗样的。20岁时认识了来吃海鲜炒饭的女孩小岛。

念大学的小岛跟别的女孩不同，一头的辫子，裙子像泼了颜料，奇奇怪怪，又有点好看。小岛说："待会儿外面的公园门口见。"

这像一句咒语，中了咒的于陆情不自禁去了公园。

他们彼此爱上，快如闪电。

小岛说："你去开家面店吧，我喜欢吃面。"于陆就把这几年存下的钱交给大学附近的商场，在背面的冷门铺子开了个五平方米的面店。

一个人心里有爱，有跟爱的人厮守一生的梦想，足以照耀平凡之路。他做的面只有四个字，客似云来。

附近的学生绕路也要吃他的豆腐面。大婶牵着娃儿吃了再打包一份带给家里的老人。

牛肉、香菜、辣汤、炒黄豆、海带丝，都是寻常的浇头，但是多出一味豆腐，就变成了风味特别的面条。

林深吃得满头大汗，忽然觉得自己做了一件很对的事。她没有把这个男孩当成骗子，而是相信了他一回。

22岁在电影院为恋爱而哭的男孩，真挚如珍宝。

豆腐面吃到第十三次，林深问于陆："还想小岛吗？"

爱情简单到最朴素的时候，我不讨厌你，我肯跟你一起吃东西很开心，就能试着在一起。

虽然在一起，却又忍不住抽查。毕竟林深是个年纪轻轻的姑娘，哪怕她念着硕士，家人早早谋划，毕业了就会有份不错的工作。哪怕她有过一次理所当然失败的恋爱。

穿着维尼熊围裙的于陆用手指揩去林深鼻头的汗，转过身，塞给她一瓶冰豆奶。然后他摸摸自己的下巴，回答她：“谁？谁是小岛？”

◇ 3 ◇

平安夜于陆拉着林深去市内最热闹的步行街，灯光如海洋。众声喧哗里，时间多到必须浪费的年轻人，脸贴脸背靠背，空气里满是青春的味道。

歌声传来，林深停下脚步。这歌声，让人心里突然一震，莫名其妙。

广场中央一头翠蓝长发的女孩抱着吉他，朝于陆大喊：“Hey，那边的男孩，你为什么不亲你的姑娘？你爱她，就亲她。”

围观的人起哄：“亲她，亲她，亲她。”

于陆蒙了，林深干脆自己踮脚抱住于陆的脖子，恶狠狠地亲下去。他们离开这条挤死人不偿命的街，回去的路上，仍然心有余悸。

女孩跟她的乐队鬼哭狼嚎地唱起来，音响已经最高，天空仿佛爆了一百颗荷尔蒙制造的原子弹。

两天后，于陆守店子，林深自己又去了步行街。节日过后的黄昏，疲倦清静，翠蓝长发的女孩没唱什么歌，就是不知所云地哼着弹着。

这歌声无形入心，穿云过月，像大雾弥漫了整个城市。那是天赋，与生俱来地打动人。

天敌不需要辨识，动物自有本能。

“你是小岛？”林深问。

小岛说："没错我是。"

小岛抢着说："没事，你放心，他是我第九个男朋友，现在排倒数第五。"

林深完全哑巴了。

小岛双眼明亮，点了一根细细的烟，微笑着拍了一下林深肩膀："妹子，那孩子很老实，他会好好照料你呢。你要快乐点。真的，我没骗你。"

林深忽然害怕了，她一把推开小岛，惊慌地逃开。

背后倏忽换了音乐，小岛终于又唱起来，"在很久很久以前，你拥有我，我拥有你。每当夕阳西沉的时候，我总是在这里盼望你。天空中虽然飘着雨，我依然等待你的归期"。

林深深深地回望一眼，小岛的眼睛在暗处十分奇异地闪耀，神情似笑非笑。

◇ 4 ◇

林深明白了，小岛和她是两个世界的人。这种姑娘，她在电影里看过，书里读到过，生活里也旁观过。但她只会敬而远之，永远不交集。

这是放电无界限的一种女孩，就像她唱出的《外面的世界》，精灵鬼魅一般。

那于陆呢？

这个男孩把两个世界都接触了，现在他跟自己在一起。

于陆像虫洞，莫名其妙，连接了不同世界。

坐在回学校的公交车上，林深全身烦躁起来。她微信问于陆："你以前打算去武当山许什么愿？"

于陆统统都交代，一如既往的老实。

"小时候我身体不好，瘦弱多病。我妈找了个小城的道士，给我取名，中学时还教我打太极拳，后来真的有用。我妈让我长大了

自己去还愿，顺便再跟真武大帝求一下，找个好媳妇。”

林深张口就说：“我们一起上山吧，咱们也去拜拜呀。”

于陆说“好”，又补充说：“不过不急，等我多赚钱，明年我要准备大礼敬神。”

有的时候，林深很想问问于陆，你知道吗？我也有过去。你在乎吗？

看起来，于陆似乎全不在意，甚至根本没想过这个问题。

倒像是耿耿于怀斤斤计较的，只有林深自己。

◇ 5 ◇

武当山这个地方在十堰，距离孕育了鸭脖子的武汉有四百多公里，年少的麦兜从香港过来要飞很远的路，才能跟着师傅学武功。

于陆的生意蒸蒸日上，换了一家更大的门面，他的人在林深的收拾熏陶下，也更加整齐干净，这是由内而外的气质。他们首付了一套小二居，准备买一辆福特车。

人要成长强大，世界也会让道，豆腐面店的老板，也可以脱胎换骨。

于陆拉着林深气喘吁吁地爬上金顶，正午的太阳当头照下来，林深讶异了。

一对仙鹤被热闹包围，闪光的金顶，其实是一座微小版本的宫殿，像年轻时候在北京参观过的太和殿。

于陆虔诚地拜下时，林深绕着金顶走了三圈，所有柱子都被刻了祈福的话，以及那些古人的名字。眷侣求长情，家人求平安，爬山一路栏杆铜索挂满同心铁锁。

世人的心愿都成真了吗？

林深突感心酸。

于陆主动想带小岛来，而她要求于陆一起来。

这两者，隔着高山长河。

于陆啊于陆，你真的放下小岛了吗？那么灵气四射又野蛮的女孩，我怎么才能确定你对小岛已经完全结束毫无挂念呢！

一个人生命中的至爱，不过是另一个人的小段插曲。半途而废的爱情，会不会永远是于陆心头的一轮明月，衬托得自己黯淡无奇。

有个叫毛姆的外国作家，写过一本书《月亮和六便士》。天上明月，地上的硬币，谁更加刻骨铭心？

不过，林深也记得，这个怪里怪气刻薄无耻的大文学家，还说过一句——“我从来都无法得知，人们是究竟为什么会爱上另一个人，我猜也许我们的心上都有一个缺口，它是个空洞，呼呼地往灵魂里灌着刺骨的寒风，所以我们急切的需要一个正好形状的心来填上它。”

我们在一个人那里缺失的，是不是会在另外一个人那里填上？

山上的风，吹得人摇摇晃晃。虔诚的时刻，瞬间所有人都安静下来。

于陆要林深也许个愿。

林深说：“已经许了，你别问。”

◇ 6 ◇

在他们下山之后，又过了半年。

林深拿到了研究生学位，也没有多久时间，她来不及郑重解决自己脑袋里患得患失的大事，就吐了。

在一天之内吐了三次，她意识到这不妙。黄昏时刻打电话给于陆，答案呼之欲出，像是白瓷盘子里的樱桃，鲜明艳丽。

“呵，绿叶成树荫，枝头结满子了。”贾宝玉在《红楼梦》里感叹过。

于陆高兴地跳起来，打电话给他的爸妈。

小时候，一切都很缓慢。但命运在人长大后，发展飞快，真让人不知所措。

林深脑袋放空，摸着自己的肚子，坐在椅子上。

屁股下面，于陆还塞了一张柔软的布垫。何至于要这么小心？可是，他真的太紧张。

从前爱过的男孩，没有对林深这么紧张过。

当年的武当山下，大家找了一个小饭馆。满桌子的菜，让她吃了一辈子最多的鱼。丹江口水库是全中国最好的水源之一，餐桌上的鱼好吃得不像话。细嫩鲜美，只融化在口中。这让她在后来吃鱼的时候，偶尔会想起，黄晓现在干什么？

南方的好水会被送到北方去，黄晓一辈子没有想过离开北方定居。他只是从东北向南挪移了一点，哈尔滨的大学毕业了去北京。他以大城市为根本，然后走遍各地。

这中间，黄晓找了个暑假，在武汉实习。其实只不过是为了完成旅行地图上的一个目标。

就这样，他遇到了林深。

就这样，假期结束，一切结束。无疾而终。

一阵风吹来的人，又由一列车带走。

那是个天天谈论文学和“在路上”的男孩。读书多，像一间仓库。随便就能拿出一些话，一些句子，让林深发呆。

林深每个星期都要看电影的习惯，就是被黄晓调教出来的。曾经觉得很吸引人。人走了，习惯还在。

现在林深只觉得文青真恶心。

从此林深讨厌所有这样的人。

小岛也是这样的人，只不过性别为女。他们的身上心上，似乎明月永远朗照，清冽不改纯真，哪怕流落街头借宿破旧的老街区，有钱没钱，都散漫任性，危险又迷惑人。

◇ 7 ◇

结果闹了乌龙，只是闹肚子。医生开药挂水，很快就好了。不过，于陆却还是带她见了家长，安排婚纱宴席。

当爹的心，被激发了，他忽然觉得，这就是向往的理想生活。

少年时代的种种经历，他是真的想不起来了。男人不是女孩，纤毫毕现记得牢靠。他们的进化程度决定了，向前看，结婚生子，享受幸福。

十个月后，于陆陪着林深看医生。

医生说，没事。很多婴儿出生时，脖子后面、眼皮或者鼻尖上都有一片不规则的红色区域。心急如焚的家长会以为是了不得的毛病，其实只是一些毛细血管群，通常会在一岁半左右时自行消失，不需要管它。

在西方有鹳鸟送子的传说，认为小孩由鹳鸟叼来送到父母怀里，所以人称这些红印为鹳咬伤。

鹳咬伤，一个从来没有想过会遇到的词。医生表情淡定，很像一个人。

林深刹那间心平气和。她很快乐，想起小岛。几天前，那女孩又巡回演唱到了本市。很多人喜欢小岛和她自己写的歌。

爱情不分笨拙与天才。诋毁天才，也补不到自己的人生。

不过你们天才的人生，又关我们笨人屁事？

林深也去听小岛的小型演唱会，在一群更加年轻更加青春的面孔里，她安静地听。小岛似乎看见又似乎压根没看见她。

◇ 8 ◇

台上的小岛叹息一声，“前几年我还觉得自己嫩着呢，今天就听见门口几个蛋蛋后夸奖我这个九〇年老妹唱歌真棒。哼。我唱得好我不知道？安静点，我唱了。”

“愿天下的有情人都成眷属，不是什么兄弟姐妹。愿不爱的人赶快分开，过去未来谁又是谁。一切都好，世界很美。”

“对了，这首是黄先生特别定制给他老婆的，我只收了两千块。前男友，友情价。你们喜欢吗？”

现场大笑，嚷嚷着喜欢。林深痛痛快快地哭了。

她没有打败自己心中的假想敌，因为于陆遥遥地穿过来，递过一包纸巾。她曾经给他的，他没用完，收起来。

于陆说，听完咱们赶紧回家，太晚保姆该不高兴了。人家也等着下班回家呢。

没错，咱们。

假想敌本来就不存在。鹳鸟也没有咬伤婴孩，生命自有启示。也许小岛昔日是于陆的明月，但他已作别那个世界，也不再去追回，就已经宣告谢幕。陷入黑洞，全部消灭。

旧的世界结束，新世界开启。

也许由始至终，是自己念念不忘，所以才把怀疑放在了于陆身上吧！这是一种转嫁。无所谓恶心，无所谓危险，那些一直长不大的孩子，在文艺里永远青年。而顺利过渡为成年人的，是另外一批人，已经不满足那些天真的本我。

林深突然想明白了。岁月这东西，直奔苍老，根本就回不了头。谁有深情在胸口，就与谁共白头。

不论岁月是否回首，
一直陪在你身边，
就是最好的答案。
这样的人，
你可以白头偕老。

爱得像一个喜剧

这个时候的小天，已经可以很平静地回答老头了。

“是啊！我分手了。就是从我来留学，而那个女生没法一起出来开始。

都已经交往了两年呢。

本来还以为我们大学毕业就会彻底在一起的。”

◇ 1 ◇

小天很可怜，他人生中第一份兼职相当滑稽。他要按时在每天的下午经过那套公寓时，登门提醒一个老头做一件事情。

也就是说，小天扮演的角色是闹钟。事情不难，薪水不高，但小天却接受了，因为这个老头的住所太接近他念研究生的大学。

年纪轻轻的男孩儿，要陪伴着一个孤零零的老头子大半个小时，听起来特别乏味无聊。

但是小天觉得津津有味。

他旁观老头将一些图案画在纸上，然后开动一台新添置的白色飞利浦缝纫机。

你看过一个七十多岁的老头做缝纫手工吗？

你看过一个七十多岁，几乎大半生都在倒腾软件，并且还在大学搞教学的老头，忽然勤勤恳恳开始做缝纫吗？

很奇怪不是吗？小天见到了。

按照最初的协议如果老头不小心弄伤了自己，小天就赶紧叫人或者帮忙护理下。

不过呢，看起来这个纯粹理工科的老头，对机械也很上手，旧被单的布料和一些美术系学生爱用的颜料，加以剪裁、拼接，老头完成了自己的第一件作品。其实这样的监工，也不是那么的乏味。

在旁观的时候，小天会上一下网，写邮件。写邮件的时候，他分心瞅瞅老头，看看老头小园子的里那几棵植物，他将叹息默默地在心里表露出来。

一个人离开家那么远，心却放在原地，任风吹雨打。当老头做出了第三件手工裁缝的作品时，小天这么建议他，那个，要不要放到他一个同学的小店里出售呀？

老头没有回答小天，他笑眯眯地拍了下脑袋，反问了小天，“哎呀，你知不知道我为什么要做缝纫？”

◇ 2 ◇

小天写起电子邮件来，完全不像他打电脑游戏那样敏捷，也不像他跑步那样稳固，更不像他读书那么优秀。

是的，优秀的小天就读的那所美国大学的那个专业，即便在海归们毫无神气资格的年代，也还是挺好找工作的。小天从来没担心过这一点，小天跟老头说，把价格定低一点，肯定能卖掉的。在这个国家，除了脑袋里的智慧很贵，人工也很贵。

不过，小天还真不知道，活到了人生的古稀之年以后，马上要奔赴80大寿的老头，干吗忽然对缝纫兴致勃勃？

老头用有年纪人专属的耐心解释给小天听。人呀，总是要在时光中服从自然规律衰老的。技能不断退化，记忆不断衰减，最后就变成认知功能缺失的老人家，生活不能自理，生活成本可就变成大麻烦了。神经学家推荐老头做手工。

小天搞明白了。

小天没有继续再多问，他要尊重别人的隐私，如果别人不主动说的话。其实小天也看见了，老头的爱人去世了，那张合照摆在屋子里显眼的地方，呈现着恒久的幸福笑容。所以老头需要在做事的时候，有一个人在旁边照看一下。

这段良好的雇主关系维持了半年，直到小天不再打开电脑写电邮。

至于小天给老头的建议，卖掉那些手工作品的建议，老头回答："干吗不等我存多点再卖呢？"

也对。小天支持老头这说法。

◇ 3 ◇

在小天观察了解老头的过程中，老头也在注意这个中国男孩。没错，小天最初来的时候一脸不开心。老头没反对小天在兼职过程中，上个网打个游戏什么的。活了快一个世纪的人，总是很聪明宽容的。

聪明宽容的老头看着小天的状态渐渐平复，秋天也渐渐到来时，他很平静小心地问了小天一点点问题。

这个时候的小天，已经可以很平静地回答老头了。

"是啊！我分手了。就是从我来留学，而那个女生没法一起出来开始。都已经交往了两年呢。本来还以为我们大学毕业就会彻底在一起的。"

老头背着手发笑："什么叫彻底在一起？"

"就是，就是在你们这儿当着上帝的面承诺和交换戴上戒指嘛！"小天也笑了。

女生也不想分手的，可是那么漫长的时间都不在彼此的身边，很多事情就慢慢地淡去，淡出，淡化。

一切都淡淡的，最后就变成了淡定的尘埃落定。

嗯，你归纳得真好啊，这就是淡字四步骤。老头跟着小天学到了不少的中文。学一点外国语言，也是保持认知功能的好办法。

那，那只好去找新的女孩子去认识呀！你不喜欢我们这里的金发女孩吗？太阳一照，灿烂无比如同黄金那样耀眼。老头的爱人就曾经是一个金发女郎。

喜欢啊！小天不能说他不喜欢美好的事物美好的人。可是呢，一个人的心是很奇妙的，一个人的记忆也是很奇妙的，那些与情感牵绊纠缠在一起的海马区记忆，牢固主宰了小天的哀乐。

当他想起跟林秋一起划船，跟林秋一起溜冰，跟林秋一起跑到郊野打柿子，喂给对方吃，以及想起大考前一起温书，倚靠着犯困，他的心就飘过了万水千山，降落到那条漫长江流旁的上空。

当林秋终于找了新男朋友，小天就不再写电子邮件了。无法挽回，写了也白写。老头拍拍这惆怅男孩的肩膀，继续回头忙乎他的缝纫针织。小天还以为老头会给他一点人生指导呢！结果，没有。

◇ 4 ◇

小天回国了。三年的时间不长不短，他跑了几个城市挑选工作，目睹每个城市的日新月异大建特建。他唯独没有去那个让他失恋的城市。嗯，因为林秋一直留在那个城市，并且，她结婚了。不想听到的消息，小天就干脆不去听。

完成学业的小天卖力工作，存钱买房。有一套自己的房子，或许会更有兴趣找一个女孩来过一辈子。但是一辈子那么长，不知道什么时候才能够抹去前尘往事。

偶尔，小天会跟老头视频一番。老头在摄像头那边秀他越积越多的裁缝作品，黑色底子上大红的鱼鳞和祥云，老头的作品越发风格丰富了，中国风都开搞了。小天乐了，小天问老头你到底攒了多少件了，准备开卖了没？老头说他总算做出了60件，不过，他压根没打算卖。

太可惜了，看着老头越发精湛的手艺，小天开玩笑说，他简直可以上《纽约时报》了。也许，或许，老头用了英语语系的人民特爱讲的“maybe”。很快，小天终于知道了老头的作品最后的归宿了。

那些作品和老头的事，没上大报，但上了本地的新闻网。老头把它们统统送给了一个60岁的老太太。

虽然60岁，但她保养得真好，根本就还是40岁的样子。很美丽可爱的一位女士。这位女士的丈夫去世了，她是老头昔日的恋人。老头，向女士示爱了。

小天懵了。

◇ 5 ◇

而小天，小天回过头，去见了他曾经为之伤心要死的林秋。

林秋闪电地离婚了，为了房子的事情。林秋不是一个买不起房子的女生，她也有一份好工作。但是，如果一个男生跟她结婚，房产证上却顾虑重重不出现她的名字，她就不打算原谅这种做法了。

直到小天重新拨通了她的电话。

那一刻，她忽然觉得世界真奇妙。分手了好几年的男友，居然还在等她。

“你要不要这么痴情啊！阴魂不散的！”林秋在电话里这样问小天。她说话的内容是惊叹的，但她的语气却是快乐的。

“我哪有痴情？”小天不承认这个严重的指控。

小天觉得，他又没有伤害到任何人，干吗不找回自己喜欢的女生呢？为此，小天跟林秋说了一条不错的理由，“因为我是你的忠实粉丝，希望你给我签个名。”

“签哪里？”林秋糊涂了。“就签在我的房产证上吧！”小天回答。

从始至终，老头都没给小天任何关于人生，关于恋爱，关于爱情的格言或教导。

老头只是做了他自己想做的事情。这个终于80岁的老头，在锻炼肢体技能保持认知功能的学习中，用他的手工作品，追到了他当年喜欢过的女孩。60件作品献给60岁的恋人。

难怪老头不肯卖掉。这个狡猾的泡妞高手，像个中国功夫的高手，已经达到了返璞归真炉火纯青的地步。

在经过了人生的别离，因为际遇而遗憾地分开，各自走自己的路有自己的家庭，生老病死告别自己的爱人，最后又有机会重新安排自己的人生时，老头很淡定地再度拥有了幸福。

据说老头又要结婚了。小天怎么能不祝福老头呢？他写了一封真实的贺卡，贺卡飞越千山万水，抵达老头和他的爱人那里。如果分开了，就铭记。如果重逢了——那就在一起吧，结婚吧。

小天承认他很崇拜老头的淡定挚爱。因为他把自己的一生之爱，收尾得像个欢乐喜剧。人生的不圆满太多，以至于圆满太珍贵。

站在冬天之中最热闹的街头，烟花耀眼，寒冷将尽，春日不远。新年的气氛让人感动得想大喊大叫。拥有太多大学和大学生的城市，无数个青春的面孔当中，两张稍微不怎么青春的脸，贴在了一起。回国的小天久别重逢了林秋。

丢掉沉默和眼泪，他们又见面了。

于是他们拥抱了很久，以示内心久违的喜悦。

生命中没有太晚，
只怕你不敢开始，
幸福是直到七老八十，
牙齿摇落，
还值得争取的东西。

一点点酒和木樨花

我相信我的脸色一定是难看的。

任何人，知道自己被捉弄了，肯定不会高兴。

有钱又怎么样？就可以践踏男人的尊严吗？

我说：“你觉得，我像是想要贪图你的钱的人？”

◇ 1 ◇

我对这个城市里的酒吧和咖啡店，了如指掌。大家都叫我S先生。有一天，有一个朋友告诉我，空气旅馆很不错。

我说："是吗？我对旅馆没有兴趣，又没姑娘跟我开房。"

朋友大笑，说："但那是一家咖啡厅。"

我很奇怪："为什么咖啡厅要叫旅馆？"

我解释是这样的，其实既可以喝茶也可以喝酒，装修得却像个旅馆。老板娘其实一点也不老，年轻貌美。

朋友说："你连这家都不知道，以后还敢吹自己知情识趣？"激将总是有效的。我打算去好好探访下。见识一下朋友称道的这个空气旅馆。

◇ 2 ◇

我去的时间很早，老板娘对我说，你是第一个顾客，有优惠，给你八折。

我问，老板娘，既然你开的是旅馆，为什么不让人留宿？

这个年轻的老板娘，头上扎着蓝色头巾，头发挺长。她抬头，认真地说，我们这里只留宿一种客人。那就是喝醉了的女人。

男人就不行吗？我追问。

不行。

为什么？

因为老板娘是女人。

那么，一个男人和一个女人，行不行？我似乎来了兴趣，问的也有点故意胡搅蛮缠。

不行。老板娘却是一点也不生气，照旧温温柔柔地回答。

为什么？

因为老板娘是女人。

我说，我不明白，两个问题同样一个答案，有什么区别？

前者因为女人何苦为难女人，后者因为，老板娘的老板再也没有回来，并且目前还没有新老板，老板娘看着成双成对的男女，会不开心，心情会很糟糕。我笑了，老板娘也笑了。

她笑的那一刻，我感觉即使站在五百人的广场上，一片混乱，我也能够一眼认出她来。她的笑，春风十里也是比不过的。哦，至少我是这样认为的。

◇ 3 ◇

然后，我就打听到了老板娘的故事。老板娘以前是和老板在一起的，他们在一起的时候，年纪有点距离，但是他们很恩爱。

后来老板有了新人，跑路了，留下了这样一个店算青春损失费。她就改成了空气旅馆，把旅馆打点经营得有声有色。在这个年代，很少有人还会在墙壁上，挂上几句诗。

尤其是像台湾的诗人痖弦，他那样久远的诗句。那几句诗歌，现在叫人看了还是忍俊不禁：“温柔之必要，肯定之必要，一点点酒和木樨花之必要。正正经经看一名女子走过之必要。”

这样子的老板娘，很有趣，很好玩。

于是我直接问了老板娘的故事。她一口否认，还给出了另外一个版本。

据说老板娘与老板生前在外旅行，老板遇难了。

这里所有的一切，全部都是老板亲手布置的。管中窥豹，也可以知道，那是一个多么温柔而善解人意的成熟男人。让一个女人，甘愿一直活在怀念里。

◇ 4 ◇

于是我成了常常来的客人，简单说就是常客。老板娘总是给我优惠，因为我总是第一个到。

旅馆开门的时候其实很晚，每到午夜12点，准时亮起灯火。那么晚上的时候，来的人，就不至于浮躁轻狂了。不是心事寂寥的，就是安享宁静的。但有一点要强调，顾客里男人总是多一些。

单身至今，我只为了找一个女子，就算不入万千人的法眼，我自心动，就是真命公主。这个老板娘叫我心动了。她不急不缓走过每个木桌，添加热汤，在旁边放下一些木槿花。该如何表白，才不会唐突。我却犯难了。

曾经的恋爱经验，到这个时候，全然派不上用场。不是显得矫情造作，就是显得生涩滑稽。况且，谁能够代替记忆里最爱的人？追求者，心里还要掂量一下，还有一个永远无法见面的情敌。

老板娘的名字里有个息字，叫田息。我会叫她老田，装熟。但不管什么时候，我都正正经经看她走过。即使我动心了。

有一天，她走过来说，哪位男士愿意帮我去搬几箱啤酒？今天唯一的男服务生请假了。

我看见很多积极站出来的男人，这些人，几乎都是面孔熟悉的常客。她却指了一下我。

有时候，老板娘会不在，由服务生看守。有一个小女孩子进来，一手抱着小罐子，挨个小声地说，叔叔、阿姨、姐姐、哥哥，愿意捐点钱给需要换眼角膜的病童吗？小女孩子手上握着一叠宣传单，是红十字会的活动吧！

没有人拒绝，轮到我面前，我掏出了钱包。

◇ 5 ◇

渐渐地，我发觉老板娘对我的态度好起来。直到有一天，她说，今天晚上我请你。我说，我请可以吗？她说可以，我们换到天字第一号包厢如何？我说好。我猜这是一个好的开始。

我试探着，从安慰她开始，我说，以前的老板，应该是一个大好人。

她对我一笑，带着古怪，说，这里只有老板娘，哪里来的以前的老板？我问，你不是说，你爱的人，以前的老板，遇难了吗？

老田就笑了，故事是人都可以编的。我一个单身的女孩子，想要开这样一个店子，怎么能够没有一些神秘的气息？怎么吸引顾客？

我又吃惊又想笑。我打趣，难道你不怕嫁不出去？

老板娘扭头看着外面，然后眼中含着深情说，一个愿意比传说中的老板更好的人出现了，我不怕了。

我说，是谁？你肯定那个好人还爱你？

老板娘说，不错。因为，他是我观察到的，真的正正经经看一名女子的人。

谜底由她慢慢揭开：父亲早逝，但很有钱，留下一个女儿，还比较好看。不正正经经看她走过的男人总是特别多。

而一个女子，如何为自己寻找真心的另外一半？那越过金钱财富的迷障，甚至越过皮肤美色的外表，真正品行过关的另外一半。她的办法是，设计了一个小小的“骗局”。

平时在她面前公然献殷勤，那是很容易的。而帮助额外的人，并且在所有人当中，唯一放进一张百元钞票的，就是我。她给了我一个“不错”的答案。

那个小女孩子，不用说，也是个优秀的小演员。我带一点苦笑说："如果当时我心情不好，没有那么好的觉悟呢？"

老田说："其实那真的是红十字会的活动，我只是请她过来而已。现在，你觉得呢？"

我相信我的脸色一定是难看的。

任何人，知道自己被捉弄了，肯定不会高兴。有钱又怎么样？就可以践踏男人的尊严吗？

我说："你觉得，我像是想要贪图你的钱的人？"

于是我离开了，一言不发。我不求大富贵，但自食其力，也安守本分。幸福二字，并非有钱可买到。

◇ 6 ◇

一个月后，空气旅馆一如往常那样安静。年轻的老板娘坐在前面，冲第一个进来的客人微笑，然后说，如果你点咖啡，会有八折优惠。

这个客人只说了一句话，如是情侣，是不是咖啡可以免费？

当然可以。老板娘微笑着说。

唯一留宿空气旅馆的男客人，便是我了。但我深知，我得到倾慕的人，不过是因为一点点好运气。爱一个人，追求一个人，大可以平和用功，水到渠成。就像木樨花的香味，使劲儿刻意去闻，反而体会不到。

不经意地自然呼吸，芬芳主动扑鼻而来。

不是只有老田会编故事，我也可以装模作样，让自己像是受到伤害，爱面子地躲起来。

报纸登载，年轻的老板娘，的确有个挺富有的爹，留给她很多钱。不过呢，她把一半捐给了救助儿童的基金会。

我是在一个清晨收到的报纸，邮寄到我家门口。报纸的故事结尾，还补充了一句，拥有空气旅馆一间的她，请S先生于今晚11点59

分前来，面试担当联合老板，逾期不候。

我笑了，聪明的老田下了最后的通牒。

最后，我有没有成为空气旅馆的老板？就请你自己猜一猜吧。

你没那么容易受伤害，
你只不过是放不下一点点虚荣，
一点点胆怯，
一点点装模作样。
爱一个人，
大可以平和用功，
水到渠成。

生命中还有更急切的事

好冷，真的好冷。

当我死掉了，井泽他会来参加我的葬礼吗？泉津的眼泪源源不绝。

爱，是一件让人痛苦又无比渴求的事情。

这是个相恋飞快，失恋也飞快的时代。

◇ 1 ◇

那个夜晚有雪，泉津艰难地走了很久，才接近自己家所在的位置。那天全城毫无悬念的大堵车，她根本没有试图去挤车。走过了一站又一站，走到渐渐僻静无人的人行道，雪积得很厚实。

泉津有一个念头，她很想就这么“扑街”，倒在雪地上，就让雪冻结自己，让自己的所有感觉凝固住，不再觉察疼痛。

这个念头很犯傻。

但泉津真的就轰然扑倒了，就那么笔直地倒下，积雪发出沉闷的哼叫，刺骨的冷冲击着皮肤，泉津的眼泪终于温热地流出来。她就那么躺着，一动不动。

好冷，真的好冷。

当我死掉了，井泽他会来参加我的葬礼吗？泉津的眼泪源源不绝。

爱，是一件让人痛苦又无比渴求的事情。

这是个相恋飞快，失恋也飞快的时代。

爱使人快乐，使人喜悦，使人进化，爱也使人退化，使人崩坏，使人失控，使人如坠深渊，使人无所适从。

◇ 2 ◇

井泽骂泉津脑残的次数，泉津都记在心里。

有首老歌唱“一二三四五六七，你的朋友在哪里”。

一二三四五六七，你的脑残在这里。关于脑残的诸多事件，通常都是一些没什么意义的琐事。噢，按照如今的说法，应该是没神马意义。神马也是四千八百种的脑残词汇之一。

那次他们在吃饭，吃了黄桃再吃芝士蛋糕，喝了咖啡再喝玉米浓汤，一份猪扒两个人吃，他们表现得很亲密，很热络。然后井泽就说：“我要去拉屎。”

泉津喉咙噎住了一粒龙眼，差一点连核吞下，她费力地吐掉果核。泉津有点郁闷。有些人总能够肆无忌惮地在吃饭的时候要去拉屎。

要拉你就去拉啊，为什么不直接就去少啰嗦，实在要说，为什么不说去洗手间？为什么不假装高大上来一句英文Excuse me?

男友就生气了，也有点炸裂，说：“装啥高大上？那你咋不上天呢！”

泉津被败坏的胃口酝酿着糟糕的情绪，她想等他解决完他的轮回之事后，跟他好好说说他的行径很可恶。在等待他返回餐桌的时候，隔壁的两个大叔一个少年正在点餐。

一个大叔问有什么吃的。

女服务生淡定地回答有自助沙拉、有果汁、有水果、有意大利面，还有牛扒和咖啡。大叔说，要咖啡。

女服务生继续淡淡地问，请问要清咖还是花式？大叔说，要现磨的。

女服务生的眼神就露出了一丝笑意，但她的笑意很含蓄，含蓄得让人觉得她心里一定在回荡着一个词。

大叔就嗫嚅地说现磨的就好。女服务生耐心地开始解释清咖就是什么都不加，花式加奶油加别的，比如卡布奇诺。

卡布奇诺，卡布奇诺，大叔如释重负如蒙大赦。

大叔人生中一定是第一次喝这么纠结的咖啡。有知的人就爱嘲讽无知的人脑残，但至少女服务生还算温柔得体。

井泽回来的时候，泉津想了想决定把话题用一个婉转的方式拉回来。她说：“好了，你现在清空了，可以多吃一点了。”

“程泉津，你学过中学生物吧？”

“学过……”

“清空的是肠子啊，吃东西先要进胃，消化了才到肠子，你的胃是肠子吗？文科生啊，真是……”他说到这里就点到为止了，大概想到他已经重复使用了太多次那个词。

真的，我就是个脑残，人生何处不脑残！泉津痛苦地想，为什么会喜欢上这么一个毒舌贱嘴男？然而爱无道理，也无公平可言。

这顿饭吃得很精彩，精彩纷呈到泉津沉默了好几天。

◇ 3 ◇

然而，可恨之人必有可爱之处，就像可爱之人必有可恨之处。

当时泉津跟着一群人去乘坐公车，混杂在各种学生当中，泉津一副去旅行的样子背了双肩包，但其实她只是潜意识不当自己已经大学毕业了，潜意识希望自己还是个学生。她的双肩包的其中一条肩带滑落了，站在她右手边数过来第四个男孩嘀咕了一句：“嘿，搞得跟bra掉线了似的。”

“你这个人怎么这么猥琐啊！”泉津不能不生气，她绕过三个人，靠近那个男生说。

“那怎么办？你要我赔礼道歉吗？”男生反问。

“没错。”

“好，对不起。请我吃饭吧！”男生不以为然地说。

“你跟我说对不起，为什么要我请你吃饭？”泉津瞪大眼睛，因为她知道她的眼睛其实很小，瞪大点才好看。

“因为你请客，我买单。”男生说。

他们就去吃饭了，但他们吃的其实不是饭，更不是寂寞，他们吃的是皮蛋瘦肉粥。

男生用他的勺子挑一下，泉津用她的勺子挑一下，各自吃各自的。小店里充满了各种食物的香味，充满了热闹的聊天，没多久，男生把他的勺子伸过来，喂到泉津嘴巴边，她哑然了一下，笑了，张口吃下这一勺子，细细分辨出这一勺里有皮蛋有瘦肉还有粥，完美无瑕的一勺粥。

他们就这样勾搭上了，在公交车站那儿相遇过几次，某个暮色夕阳很美丽的下午，男生突然挑衅，泉津回嘴，他道歉，然后就水到渠成了。

如果不是喜欢一个人，也不会去数他站在自己身边第几个位置。所以，泉津其实动心了很久。泉津还知道，自己就是那种一见钟情，泥足深陷的人。一旦喜欢一个男孩，自我就好像丢到十八层地狱，不再存在似的。

看见那男孩的第一眼，她就知道自己完了。就像上一个十年，她唯一喜欢过的另一个男孩。用了十年，23岁的泉津才忘掉他。

吃下那一勺粥的时候，泉津想起了网上流行过的梨花体。创造梨花体的那位大姐说，我做的烙饼是全世界最好吃的。

那一刻泉津在心里也模仿了梨花体，她想说，你喂的这口粥是全世界最好吃的。

但是她没说，只是默默地笑了，然后以其人之道还其人之身。

喂泉津吃粥的井泽是全世界最可爱的男孩。

最可爱的人渐渐变成最可恨的人，喂她吃粥的人也骂她脑残。就算被骂得这么悲惨，泉津还是无时无刻想着，只要在他身边就好。爱情容易让人变得卑微，比尘埃更甚。

这当中时间只不过是过去了一个半月。

◇ 4 ◇

后来泉津不断想起井泽那张有点郁闷的脸。

他爱电子产品，她爱看电影，他爱掌机游戏，她爱逛街买衣服买小东西。

泉津不得不这么想：我们的乐趣、我们的爱好、我们的差别如此之大，大到要填满我们之间的缝隙，只有靠唯一的共同点了，那就是人都得吃饭，人都爱吃好吃的。

于是他们总是在吃饭，把这个城市附近的店子，挑挑拣拣换着光顾。泉津不断编写各种短信，从我想吃A家的椒盐虾，到我想喝B家的海鲜粥，再到我想尝尝C家的飘香鱼，D家的咖喱饭……

一直吃到有一天井泽突然叹了口气，说最近朋友都说我胖了。而泉津抬头看一看，伸手捏捏恋人的脸庞，说不觉得啊！井泽再次强调了一遍，你看仔细点。但泉津很不体贴很不警觉地凝望片刻，坚定不移地告诉他，一点也不胖，一点也不。

一个天天照镜子的人，只有当他胖到一定程度时，才会突然在某一天发现，镜子里的自己今非昔比。

当泉津跟井泽一起在大街上走，当他的步子走得很快，泉津落后了很多步，隔了一段距离看井泽的背影时，她发现她错了，井泽的确是胖了不少啊！真的，他胖了。一个身高一米八三并且略帅的男孩，跟泉津交往后，胖得有点变形了。

他的心情一定跟他的体重一样沉重，这个时候泉津能说什么呢！

泉津只好说，你去健身吧！

好啊！井泽说。

在他说好啊的时候，回过头看着泉津，用一种莫名其妙的目光。

泉津当然，当然没看出来那目光代表着什么。她又不是某个央视主持人，动不动代表亚洲代表世界，对于代表很有经验很能够理解。

总是要到搞清楚来龙去脉后，泉津才醒悟过来。

醒悟的时候，她的心开始遭遇不幸。

◇ 5 ◇

所有的事情都有真相。只不过要在事后，或者隔远一点距离去看。就像井泽回头也发现泉津没以前那么隽秀清瘦了。这只是真相的一半。

另外一半是，在泉津劝说井泽去健身去减肥去变得更好之前，他跟前任吃饭了。泉津从来没有见过他的前任女友，也没有在任何遗留物里见过那位过去式的模样，比如照片什么的。

泉津以为井泽已经跟过去断得干干净净了。她又错了。他的前任一直吃得很少，他的前任说他胖了，他的前任要他去好好控制下长肉。

这些内容，是作为短信出现在井泽的手机里的。泉津一错再错，偷看了男友的手机。

泉津涌起一种强烈的渴望，她想见一见他的前任，然后，恶狠狠地推一把对方，最好把她推倒在地，叫她不要纠缠不清。当时不是你放弃井泽的吗？放弃了就不要再回头。

然而，比前任找来见面更可怕的，是井泽还去跟前任吃饭。男生真是奇妙的生物，贱嘴的男生尤其奇妙，见前任见得潇洒又大方。

撩拨妹子的高手，往往也是让妹子伤心的高手。

她的心就这样，死去了八又二分之一。

他为什么要见前任，他为什么要听前任的话？为什么？

◇ 6 ◇

泉津做了第三件错事，那就是真的去会了会那个前任。那是一个身材像纤细的竹子，有一定的胸部的女孩。

这个女孩用似笑非笑的眼睛从头到脚，从脚到头看了一遍泉津。泉津没有做到想象中那么彪悍的表演，相反，她惊讶地发现自己说话的声音，居然紧张得有些颤抖。

她很客气地要那女孩别再见井泽了。那女孩则说，当然不会再见了，你们呀，才是最合适的。对了，我的奶茶要用真的牛奶，低脂牛奶，不要奶精，不要糖，奶精就是氢化植物油，也是反式脂肪酸，又不健康又发胖。

这女孩滔滔不绝地说完，泉津已经喝下了大半杯奶茶。

女孩捧着她最健康的奶茶，继续意味深长地说了一句，“井泽跟我在一起的时候，我总是很注意盯着他的饮食，多吃蔬菜多运动。”

“不过他跟你在一起，大概很开心吧！男生嘛！都是食肉动物。”

女孩飘然而去，背影消瘦，姗姗动人。

一瞬间，泉津明白了井泽的心情。那种沮丧和挫败。

不正常分手的情侣都很想看看，对方离开了自己变成什么样。

当她想发短信给井泽时，发现她想不到更好的理由了。还有什么可以充当约会时刻的共同交汇点？其他事物，她总是扮演着让井泽觉得她脑残的角色。

谁也不愿意总被羞辱，即便羞辱你的是你最爱的人。

泉津茫然地一个人走啊走，她忍不住深深地叹了口气。他跟她在一起，没有向着更好的方向发展，而是相互变得糟糕了。井泽已经意识到这一点了，泉津直到此刻才意识到。

然后，井泽开始对泉津避而不见了。泉津很不安。

◇ 7 ◇

气候越来越冷，泉津很努力地节食，很努力地克制自己，不要让井泽觉得烦。最好能够静静地等待，等待他主动来找自己。但是很可怕的是，作为一个女生，她发现自己胖起来容易，瘦下来很难，万般艰辛，才减了一点点。缺乏热量的饮食，让人的心也越来越容易觉得冷。

更可怕的是，井泽说他很忙，有空电话短信已经不错了。

只是雪一场又一场地下，节日到来，那些不安分的年轻人都把圣诞节当情人节一样过。泉津总算见到了井泽。这个时候的井泽，围着一方黑白花纹的格子巾，他又瘦了。瘦下来的井泽变得很有型，很帅气。他们似乎回到了最初相遇相处的样子。

但是，说点什么好呢？泉津没有想好说什么。

井泽先说了，我会陪你过完这个圣诞节的。

这是什么意思？

什么意思呢？

泉津愣了半晌，她转身就走。其实她最先的步子走得很快，之后就刻意慢下来，越来越慢，但她回头去，原地空荡荡的。当她跑回原地，气喘吁吁，寒风不停地灌进她的肺部，她剧烈地咳嗽起来。

泉津很想哭，但是眼泪却仿佛太过久违，不知去向。呆呆站立了许久，她慢慢往回走，雪继续下着，四面八方的庆贺，夹杂烟花的空气，头顶有彩色光芒不断闪耀，她就这么失恋了。

快要走到家的时候，她扑倒在雪里，就是这个故事的开头那样。

她无法忍受，再用下一个十年来淡忘一个人，真的很痛苦，很艰难。

然而，井泽是不会来参加程泉津的“葬礼”的。

雪地之中，发生了另外一件事。

这件事，对于世界来说，微不足道的微不足道。

但对于泉津来说，她人生中如此深爱的一段恋爱因此结束。

◇ 8 ◇

那件微不足道的小事，在泉津悲伤到无法承受，只想永远睡眠过去不要再清醒感知一切的同时，发生了。

是一种相当微妙的感觉，最初是淡淡的，慢慢的。

渐渐就开始凝聚，开始扩张，开始膨胀。

最后，这种感觉剧烈地传递到大脑，被脑袋里的神经一波一波接收。

泉津专注于恋人和爱的心，开始分神。

她无法不分神，那种感觉抵达高峰，忍无可忍。

泉津豁然从雪地里爬起来，她也没顾及拍打身上的雪，也顾及不了周身又冷又痛。她开始继续向前走，越走越快，进了自己所住的公寓大楼，飞快地按下电梯，急切地瞪着指示灯的数字。

电梯门打开，泉津冲进去，按下自己的楼层，掏出自己的钥匙。楼层一到，她就拧着钥匙转圈再转圈，开门，扑向那间最普通的洗手间。

悲伤的极致一刻，她尿急了。

泉津又哭又笑了。

然而这像是一种平凡的神启，她似乎忘却了自身，丢掉了自我，来沉浸到自己的悲痛中。而自我一直都在，就像没有谁的身体能够忍耐尿急，自身最基本的需求，把泉津拉了回来。

所以她恢复过来，从死掉一部分的失恋中，活了过来。

时间走到下一年的春天，即便“面朝大海，春暖花开”那两句诗已经被人们引用到泛滥，泉津还是去看了看海，顺便散心。

她终于又瘦回窈窕的身型，自拍之外，她可以把照相机递给别的旅客，尽情请陌生人帮她拍照留影。

据说她爱的男孩跟旧女友重修旧好了，据说那男孩给泉津发了婚礼请帖。

泉津都没去理会。

她只能对全心全意爱自己的人，回报以全心全意。

所以，她虽然退后了一大步，但又费力进化了一大步。包括泉津自己也不会想到，这领悟于尿急。

吹了一个黄昏的海风，泉津转过身，提起搁置在岩石上的鞋子，她把球鞋倾倒过来，那些无孔不入钻进球鞋的沙子，又流淌下来回到了沙滩上。

但这沙滩不是几个小时前的沙滩，泉津也不是十几岁时的泉津。岁月待她不温柔，她要自己对自己温柔。

人生也不过只有七八个十年，她早已用掉小半生，不能再浪费太多给荒芜。

我们都曾经把失恋当成天大的事。
你得相信，
天外有天，
爱自己同样重要。
命运待你不温柔，
请你务必自己对自己温柔。

飞机扑向大地

人生忧患情动起。从你那里得到的一切，假若有一天因为你失去，我又该如何？

这个问题一旦浮现，就此生根。

中间还有一个暑假，我们奔赴外省。

在外省的郊野，我们去看群星的闪耀，然后看它们消亡。

◇ 1 ◇

你是我的同学，平时我们没怎么搭上话。

那天我问你想要什么生日礼物，你说限量版的蓝胖子。

我明白了，你说的是哆啦A梦。

我大笑了：“你这个人真幼稚。这么大的人，还喜欢那只机器猫。A梦？我还A片呢!”

你急了：“你说，方梧你一个女孩干吗不讲文明，我就是喜欢哆啦A梦怎么了？”

我一脸无辜，假装天真：“你们男生不是就喜欢聊这个吗？电脑里一堆日本老师，还偷偷摸摸躲躲藏藏的。”

你目瞪口呆，像个哑巴。我忽然心软：“你别急啊，一头的汗，我跟你开玩笑的，我这人不瞎掰就不会说话。”

你火冒三丈、急火攻心、无言以对，看到你一急我也急了。我急了就会使出撒手锏，我的撒手锏不太高大上，我一冷场就开始搞笑，我掏出一坨柚子：梁翔，给你吃，消消火。

其实，我挺喜欢看你急的样子。我们就这样从一只外国的猫接头了。

我知道，我们开始了。

◇ 2 ◇

男孩像你，非常倒霉。你遇到了我，烈日炎炎的体育课晒得万物稀烂生灵涂炭，你的步伐没跟上节奏，被身材彪悍的老黑飞踢了一脚。这一脚众目睽睽，所有人忍住笑，仿佛焖烧肘子一样汁液饱满内心愉悦。很遗憾我笑出来了。

你回过头恶狠狠地瞪我。

老曹，也就是你的体育老师，大吼一声，“梁翔，你还敢瞪女同学，你自己做错了动作就别怕人笑啊！”

后来我在元旦欢聚活动上，表演了一个顺手牵羊偷别人橘子的人。我看见你被逗乐了，乐不可支，笑得头皮上的小卷发都在颤抖，挺像一束花。

女孩像我这样，走谐星活宝路线，在你人生里实在没有几个吧。奇葩吗？也许吧。如果奇葩能够让人印象深刻，为什么不奇葩？

◇ 3 ◇

22岁的时候我辞职，从发现自己的户籍被公司弄丢，办不了新身份证新银行卡。有一笔收入即将发钱，但放在哪儿才安全呢？父母离异，我不愿意相信他们了。我找你暂时保管，你答应了。那个时候我们分手四年了，整整四年都没见过面。

从提款机取了钱的时候，我像《红楼梦》里的空空道人摸着宝玉那样唏嘘，想当年，天不拘兮地不羁，心头无喜亦无悲。就因为锻炼通灵了，是非苦恼全来了。嗯，天地不仁，以万物为刍狗。你也不仁，我们互为熔炉，我遇到了你，我们相互锻炼，我们通灵了，牢笼我们自己建造好了，钻进去，再也不愿意出来。

我在想拿到那笔钱的时候，想过了很多人，但这些人全不足信。我却信你，偏执固执。

你接到了我的短信果然遵照我的意思，办好了事情，后来我办好户籍，你转给我，不多吭一声。你是个嘴巴很牢靠的家伙，这才算男人。

守口如瓶，是一种很高尚的品质。

◇ 4 ◇

我们分手的时候，世界上发生了很多事情。要你帮我转钱的时候，世界上又发生了很多事情。我梦见你的时候，世界上还在发生事情。没完没了，叫人痛苦厌倦。

日本的地震之后，福岛核辐射事件又过去了几个月。东京之旅的团体报价跌到历史新低，既然这么便宜，我就报名了，在周五的晚上抵达上海，紧紧地跟着同伴的队伍，我心想，不要命的人真多，不止我一个。同去，同去，管它世界末日还是原子辐射。

报名之前，我发邮件问你，你在东京干吗呢？但你却完全不回复。

所以我又给你发了邮件，我管你是死是活？关我屁事。你仍然不回复。

我忽然意识到，对，你就是我人生中最大的一件屁事。

◇ 5 ◇

当年我们报考了同一所大学，你差两分，被调剂了。我要你别去，再考一年，跟随我。你不干，你胆小如鼠。你没选择复读，我们也就分道扬镳了。

按理说，长大了，成年了，就不要再把可怜兮兮的人生责任，推卸给过往的岁月，以及路过的打酱油的人。因为没陪你长相厮守的人，都是酱油党。

但我心中还是长满了草，许多的草，荒芜寂寥，我想起郑智化的歌了。草，草，草，迎风飘摇，不屈不挠。

生命匆匆交替短暂的一生。我没哭，你也没哭，两个傻子相对不说话。我冷笑了，离开逐渐冷清的教室。

走出教室，你没跑出来追我。我自有我的世界，走向末日。听最钟爱我的老师说，你在教室坐到最后才走，表情淡漠，上了你父亲的车。调剂了也还是名校，为什么不去读呢！听家长的话，都是好孩子。很好。

1999年，诺查丹玛斯预言1999年7月将是人类的世界末日，时间最爱抽这些神棍的耳光，每过去一天抽一耳光，响亮无比清脆动人。

人类天生犯贱，最爱末日情结。隔几年就有人嚷嚷末日，1999年末日，2012年也末日。买不到船票，别操这份心，因为操了也白操。

我越来越容易爆粗口，我风风火火，轰轰烈烈，我职场打滚，我又谈了恋爱，我要死要活，我笑中带泪。我变得不像我，也是题中应有之义。

江湖历练多，我亦飘零久。

◇ 6 ◇

我做梦了，梦见很多事，很多人。包括你。

在我做的第一个梦中，你活着，我死了，寿终正寝的那种死。遗憾啊，你比我更加长寿，你家遗传基因好，姥姥活到了92岁还健在。你来哭我，哭得稀里哗啦，以至于我不知道我是死得喜，还是死得悲。最爱的人为你哭成这样，值得了。可是阴阳相隔终无生趣。

在我做的第二个梦中，我梦见了前任男友，他不知道在乐着什么，一个劲儿傻笑。奇怪的是，我没有骂他笑个屁啊。我跟他说，我们去潜海吧！我们去登山吧。他说好啊，我愿意陪你上山下海，在所不惜。醒来以后，我山海俱忘。

直到做了第三个梦，我才想起来第二个梦。然而，前任男友，因为我的爹妈希望他家多出一份钱，以便两家集资可以在光怪陆离的大都市，共同为子女建一个小巢穴。他的爹妈腹诽不已。闹腾几次，散了。他不会为我赴汤蹈火上山下海，他不是这种人。我怜悯他，就像怜悯我自己。上山下海这种事情，怎么能够指望前任那样的男生？

结婚计划破产，那就算了吧。次要的人次要的事终于退场。我有时间去想一想，人生中那些最重要的事，最重要的人。在我想着的这段时间里，日本地震了，排山倒海，摧枯拉朽。

你在日本。

没有原因，我就是知道你的行踪。我心中有一颗星球，运行不息，但不为人知。像曾经的冥王星，天文学家不发现，它还是存在的。

梁翔，你还记得吧！我们约定过一件事情。在我们年少无知，爱得无以复加的时候，我们说，将来我们要一起死！因为爱如闻道，朝生暮死。我们相信自己说的话，虽然都是过期作废的话。

古人也傻，说什么朝闻道，夕死可矣。我跟你打赌，说这话的古人晚上肯定没去死。说不定他会邀三请四，以牌会友。就像泰坦尼克号沉没，杰克死了露丝却活下去。盗梦空间拆穿了真相，妻子死了丈夫没死。

我情愿无知快活脑残欢乐，也胜过耿耿于怀。

◇ 7 ◇

你很平常地死了，沉默无比，就在一瞬间。你不在东京，你去了沿海。你居住的民宿在几秒钟内，被卷起，被巨浪拍碎，一个生命连带这个生命毕生经历的全部喜怒哀乐，顷刻倾覆。

现在，我就把我应该为你流的泪，一次性献上。

在你意外死掉的地方。

与此同时，我还是说说那个黄昏的事吧。十年前的那个黄昏，我们翘课，走出中国一所最寻常的高中，校外的马路空阔寂寥。

穿过一条流淌污水的街道，我们步入茂密的树林，穿过树林当中，你不说话，你是千千万万不善言语的男生中的普通一员，你抓着我的手，温热略烫，我有一点心慌，我想说话，打破沉寂。我看你的侧面，又不想开口了。

我们来到了树林后的水塘。我们没做什么，我只是注意到夕阳的光芒令世界泛着奇异的辉煌，这光芒在你头皮的小卷发上，曲折闪烁，变幻出了彩色。你，一个彩色头发的男孩，双臂环抱了我。被抱紧的我，平静如安全饱足的婴儿。

我第一次体会到了忧患。

人生忧患情动起。从你那里得到的一切，假若有一天因为你失去，我又该如何？这个问题一旦浮现，就此生根。

中间还有一个暑假，我们奔赴外省。在外省的郊野，我们去看群星的闪耀，然后看它们消亡。

来自各地的天文爱好者们拥着被子，躺在地上。我们抓着彼此的手，此起彼伏发出惊叹。我忘记了，到底是哪个星座的光芒照耀了天空，我转过头，你的脸，你的呼吸，在这个世界上，如此深刻。我们嘴巴啃嘴巴。你笑了，我也笑了。

我出国了，走过你出事的地方。眺望海面，风平浪静。世界如此广阔，个人这么渺小，世界完全没有影响，不改运行。

梁翔，你的名字，出现在遇难记录里，永远记录着。登机的时候风很大，我压低帽子，我要回到我的祖国。

飞机悬浮天空，从飞机的窗口望出去，大地倾斜，俯瞰众生。多少人之中，才有一个人默然入心。我突然很害怕，害怕飞机忽然掉下去，我就死掉了。

你不在了，永远不在。多年前，我们发誓要永远在一起，无论生死贫穷与疾病。哪怕飞机扑向大地，恋人也会扑向你的怀抱。

我们被死神分开，然后，我一半为你，一半为自己，好好活下去，永远记住你。

人生忧患情动起。
从你那里得到的一切，
有一天因为你失去，
我又该如何？
我会好好活下去，
牢牢记住你的脸。

脚比心靠谱

年轻的森川回家了，那其实算不上一个家，

租的房子永远无法在心理上构成自己的家。他倒在沙发上迷迷糊糊。

鹿豆收拾了一点点自己的东西，走出门口。

越来越对比鲜明的二者，天平在失衡，滑向该滑向的一端。

◇ 1 ◇

鹿豆收下了一大把榛子松子，这纯粹是意外。

这些果仁从东北茂密的树林里，被摘下，被炒干，被打包，用黄黄的牛皮纸，千里迢迢来到这个副热带高压下的城市，用来讨好男生最心爱的女孩。

几乎已经不抱希望的森川，被鹿豆拒绝了太多次。他是个只会老老实实告白示爱的男生，在奋勇表现花样百出的追求者们当中，毫无光华，彻底被淹没。

森川的妈妈来学校看望心爱的儿子，顺便带了一大袋他们当地的炒货。这些气味芬芳，质地干脆的果仁，森川很大度地分了一些给宿舍的男生，剩下的他丢进了背包。如果想家，就吃一点。

鹿豆非常漂亮，漂亮的女生总是追求的人很多，得到她的人却只有一个。

那个得到鹿豆的男孩跟鹿豆在公交车上，僵持了一段时间，然后在车门打开的间隙，男孩脸色难看地冲下车。鹿豆不下车，只是扭头盯着车窗玻璃，恶狠狠地瞪着，散发着全世界谁也别来惹我的气息。

瞪得久了，鹿豆看见车窗映出的森川的影子。他就坐在最后一排，向前数过去四排，他恰到好处被气得掉泪的女生看见面孔。年轻的女生想起来了，这是一张被她拒绝好多次的脸。

当时的森川没有露出一丝的幸灾乐祸，相反他还慢吞吞地凑过来，站在过道耐心等着，等到鹿豆身边的座位空了，就谦虚谨慎不骄不躁地坐下去，双手捧着打开的纸包。“给，你吃吧。”他说。

长得像大号瓜子的榛子，开口的带壳松子，比某松鼠家更加地道。鹿豆从公交车下来，一直到宿舍门口才吃完。好吃吗？真好吃。

不知道为什么，吃着东西的时候她不再哭了，也不再生气了。如果交往一个卖相不错的男孩，他却对他的女朋友死硬不妥协，要这种男朋友不是自讨苦吃吗？还不如换一个。

◇ 2 ◇

换一个人相处，就像换一个国家生活。

前男友和森川是完全不同的男生。

森川会用高了两个八度的声音发出感叹：“这是全世界最好吃的牛肉面。”但其实鹿豆只不过在学校外面的菜市场买了一点熟牛肉切成丁，加几根葱花，煮了一包一块五的康师傅牛肉面。

太浮夸了。不过鹿豆被逗得哈哈大笑，她很开心。

这感觉很奇妙。鹿豆当然知道，全世界最棒的牛肉面师傅如果排个名单的话，她一定是名单上的倒数第一名。

20岁的女孩在这些人生小小的变迁中，隐隐约约领会到一点什么。虽然她毫无手艺可言，但她做的最普通的牛肉面，是对方认定的顶级牛肉面。

在吃了森川家里的坚果炒货之后的那个晚上，他们又见面了。

她约了森川，到她的房间，在小小的租赁的民房里，用那些小锅子、电磁炉，给他做了一碗牛肉面。

他什么都没问，你跟你那个男朋友怎么了？还会和好吗？他就是呼噜呼噜消灭了鹿豆做的一碗面。别说话，行动是最好的赞美。

显然鹿豆跟她的男朋友吵架闹分手了，显然，鹿豆准备原谅那个男孩的时间是有期限的，他的道歉又来得比较迟。那个男孩用钥匙打开房门，目睹到了他不能接受的状况，离开的时候，他踩烂了携带的水果，摔坏了出租屋质量低劣的门。

越是把一切搞得乱糟糟大打出手，越是在女孩的心里变得一塌糊涂。

秋天杀死了夏天，冬天渐渐到来，森川成了鹿豆的正式男友。

有那么一些时候，鹿豆上课，凝视阶梯教室外的松树，走神了。她忍不住幻想了她的未来，跟这个对她好，好到无路可退的男生，结婚生子一直到老。这未尝不是一种特别美好的结局。

然而，人生的逻辑是，有更好的男生出现，你的心便开始动摇。

◇ 3 ◇

鹿豆开始发觉，自己其实是个贪心又肤浅的女生。当她喜欢的森川开始工作，开始成为小职员，开始看上司的脸色，开始为日益攀升的房价唉声叹气的时候，她偷偷地赴了另外一个男人的约。

这是个30岁的男人，时间已经把他打磨成正当最好年纪的青年才俊。说得精确点，就是增之一分则太老，减之一分则太嫩。再老一点就世故油滑了，再嫩一点，又没这么言行举止都让人舒服。

进电梯按住开门键等候陌生人，吃一顿饭先给女方拉开椅子，习惯养成很久，所以极为自然顺手。

他对她说，他的第三套房子在郊区，有假期的时候，躲开那些不想看见的人不想去做的事，消磨一整天浑身都轻松。最好的一点是，他还没结婚，也没有离婚过。太多私生活乱七八糟的老男人搞三搞四骗小姑娘。这一点鹿豆也明白要用眼睛仔细分辨。

他只是想忙完了事业，再认真娶一个他会动心的女孩。鹿豆的年轻漂亮让他动心了。是的，无论如何，年轻本身就是最动人的优点。

对于鹿豆来说，这个男人就像是野外生长了许多年的果实，成熟之际，送到刚好路过的鹿豆面前。

要享用吗？可是享用的前提是背叛森川。

哦，有一些事情或许还需要补充说一说。当森川工作了，鹿豆还没有毕业。她一直交往的都是年级比她高的学长。

如今她遇见这个更好的男人，她动摇了。他们的相遇是在一场招聘会上。这是个大学生很辛苦但又大部分人找不到工作的时代。作为招聘的主要负责人，他更加富有魅力。

◇ 4 ◇

男人面试了她，向她发出邀约。他们的约会在不同的精致的场所，他也挺守礼。

一连许多天，她很矛盾。在最矛盾的时候，森川也毫无察觉，他在赶一份项目计划，没日没夜改了许多遍，加班到很晚回来，胡乱吃了几口饭，倒头昏睡。22岁的森川说，等到他成功拿下项目成为主力，他将获得一笔奖金，在双方家长的支持下足够首付，足够鹿豆一毕业他们就结婚。

这是一条一眼可以望见尽头的路，路上的平凡琐碎令她恐惧。在年轻的岁月单纯地谈恋爱，最美好不过，但美好向来短暂容易消逝。

站在分岔口，鹿豆的手机收到了男人诚恳的短信，你考虑好了吗？我在等你的答复。

森川失败了，他本来非常非常接近成功，但最后他被挤出了团队。那个很重要的，跟他的人生计划、幸福未来挂钩的项目，被交给了别人。公司里的竞争对手也不差，他完成得很出色。

遇到这个重要的挫折，他第一次喝酒了，喝得很多很猛，醉得很快很厉害。他的女朋友仍然没找到一份好工作，生活比在学校读书痛苦许多。这一刻他很想一死了之，可以什么都不去面对。

他更加不知道，促使他个人失败的原因是，那个男人打了一个拜托电话，友人卖了一个面子。先成功的人总有广阔的人脉，他本来可以做得不那么过分。但男人终归是男人，想要得到的心过于急切，于是要凭借人力来扭转局面。爱情中的卑鄙伎俩，情有可原。

年轻的森川回家了，那其实算不上一个家，租的房子永远无法在心理上构成自己的家。他倒在沙发上迷迷糊糊。

鹿豆收拾了一点点自己的东西，走出门口。

越来越对比鲜明的二者，天平在失衡，滑向该滑向的一端。

奇特的是，她忽然发现，她每走出一步，脚就沉重一分。不远处那辆漂亮的小汽车，在夜色里闪烁漂亮的光泽。是她通知男人开车来接她的。

不是不可以变心。重要的是，变心之后，能不能承受那份沉甸甸的罪恶感。换掉男朋友这种事情，她多多少少有一点经验。她已经毕业了，在六月的最后一天，她不再是学生，此后人生必须自种自收。鹿豆在心里默默想，我，可以。就像当年换了那个不妥协的男孩。

沿着人行道，快要接近那辆车的时候，她忽然折向一家杂货店。店门口摆着一个大冰柜。这是个夏日炎热的夜晚，她忽然很想吃一根雪糕，让自己冷静地再想一想。

她翻找出一款巧克力榛仁雪糕。外包装袋上印刷着一句广告词：内有整颗榛仁。

榛仁，就是榛子的心。

后来跟森川在一起的日子，所有来自东北的礼物，母亲邮寄给儿子的果仁，统统进了她的肚子。鹿豆叹气了。

◇ 5 ◇

好男孩之外，的确一定有更好的。如果遇到更好之外的更好，难道继续换下去？

此时此刻，鹿豆问自己，这一次换人跟上一次换人一样吗？想要过舒服好日子的心，能够替换真心喜欢的心吗？

还是无法替换吧，她吃过森川的榛仁，她亲身体味过森川的真心，他待她好，她都知道。不管选什么都不够完美。人总是越来越聪明。推翻自己，又推翻那个推翻自己的自己。她决定听从自己的脚，让脚投票。

手机响了，她没接。

一秒钟，她熄灭了所有的纠结矛盾。她的脚往回走，居然越走越轻快。

当她回到门口，撞见急匆匆正要出门的森川。被人生初期的辛苦折磨到面容憔悴的森川冲她说：“醒了发现你人不在，你跑哪里去了？我担心得要命，正要去找你。”

“哦，我给你买了牛肉面，当夜宵。”她笑一笑。森川一把抱住她，抱得太紧，她只好仰头呼吸，让走道的灯光映照出一脸的金黄。

脚比心更加靠谱。

这个闪电般的年代，
我们变心，
我们换人，
我们企图找到更好的人。
其实没有最好，
只有契合。

十个星系的忧伤

只是，我很想把这两个字，换成一个人。

比如，跟那个男孩子换成友情。

跟这个叫小赏的女孩子，换成……也许，我不该想太多了。我寂寞了太久了，两脚走不出时光的半尺范围。那是一种深深的渴望，又是一种深深的畏缩。

◇ 1 ◇

年少时我趴在飘窗上，看着小赏推着一辆小巧的单车，单车配备了一只鹅黄色的小箱子。那只箱子里面，是小瓶子装的牛奶。小赏把头发绑好，这样就不至于被头发阻挡了视线。

我很困惑，为什么她有单车却不骑呢？她就那样推行着，经过了我家的飘窗下，路边的蔷薇开完了，又开了一次。晴天的时候看见她。雨天的时候也看得见她。

我猜测，她一定是在兼职送牛奶，应该是要补贴家用的吧！这样愿意出来做小差使的女孩子，很少见。如果只是想要零花钱，不必这样辛苦。漂亮的女孩子完全可以找一个男孩，让男朋友去天天啃泡面，然后把钱节约下来，用来支付约会和吃大餐的开销。

我整整观察了她一年。一年的时间，换算成一个人去旅行度假，那会过得非常之快。但是一年的时间如果在家里待着，哪里也不能去，那就非常漫长。漫长到可以看见许多许多的故事。

2月28日，我看见小赏推着车又经过了一排小栏杆，栏杆那儿有一些等待被接收的垃圾。虽然只是下着毛毛细雨，却很冷呀！我在房间里，开着暖气，也穿着厚实的外套。小赏忽然就停了车，她跑到垃圾那里，抱着一团米黄色的东西，看不清楚是什么。

她跑回车旁边，把雨伞重新打开，并且扯下绑头发的橡皮绳，将伞绑在栏杆上加以固定。那团米黄色的小东西在不停动弹，呵，那是一只小狗啊！流浪的小狗有了雨伞，叫了起来，是在对她说感谢吗？

我看见小赏举起了食指，朝小狗比画着“嘘”。我忍不住笑了。小狗看得懂这个手势么？然后，她取出一瓶子牛奶，大约还是热腾腾的，喂给小狗。

等到她重新出发，走出了老远之后，天又放晴了。等她回来的时候，一定会惊讶的。因为，我决定收留那只流浪小狗，顺便接管她的蓝色雨伞。

还有就是，我决定也要订一份牛奶。当然，我在观察她的时候，也拿笔记录下来，她车后的箱子上，印刷着的订牛奶的电话。

我打了那串电话号码，跟接电话的人描绘，就是那个笑起来，有一颗牙齿不太整齐，头发比较长，并且喜欢拿东西绑着的女孩子。另外请问她的名字是？

电话那头的人唔唔地说，是的，是的，有这样的一个做兼职的女孩子，她叫小赏。

你看，我就是这样知道她的名字的。

然后，我假装用很热情的语气说，那么，我要订一份奶，我的住址是南路172号，就是小赏的路线。据我的隔壁邻居说，你们店的牛奶，非常新鲜，口感很好哦！

我说的好像一切都是真的，好像是我亲自问过了邻居。

结果，店员回答：“呀？我们这里送的是添加了特别配方的宠物牛奶啊！”

◇ 2 ◇

我还是订了一份牛奶，专门给宠物喝的。我不是才收留了那只流浪小狗么！它小小瘦瘦的，显然营养不良。它洗澡了以后，干净许多。我抱着它，放到飘窗上，它的眼睛总是看向飘窗外。偶尔它才会看看我。我还想不出来，给它取个什么名字好。

按照约定，第二天小狗就可以喝到特别为它订制的牛奶了。但是叫小赏的女孩子，却没有上门来。来的是一个男孩子。这个男孩子的车后箱子上，是一家店子的电话号码。

男孩子很热情地说，我是宠物牛奶店的员工于靖淳，请签收。他这样年纪的男孩子，并且健康自然，工作起来是万分积极的。

他看到我的时候，略微愣了一下，然后更加热情地说："你不方便，我来帮你。"

我说谢谢。他真的帮到了我，因为小狗还不能够自己从窗台上跳下来。他就迅速地把小狗抱下，放在门口，又去厨房拿出了小碗碟，倒出狗粮摆好，又倒好牛奶。他只用了2分钟就完成一只小狗全部的早餐任务。如果换成是我，小狗至少还要饿上15分钟吧！

他做完一切就要走。我说："请等一下，以前不是一个叫小赏的女生送这边路线的顾客么？"于靖淳迟疑了一下，笑容灿烂地说："她感冒了，请假两天，我就顺便帮她。"

我目送他出门，上了单车，欢快地踩着脚踏板转弯，继续给另外一家有宠物的顾客送牛奶。我没有问，你们是朋友么？所以这样热心地帮助她。

现在，我们都还来不及熟悉，还不算是朋友。这样的问题，太过突兀了。

但是，我的心头，有着弥漫如海洋一样无边的惆怅。小狗伸出了红红的舌头，舔食着牛奶。这个小家伙经过了休息，现在终于吃饱了，似乎多了一分活泼。它靠近我坐的轮椅，咬了一口，留下一圈清晰的牙齿印。

好吧！以后，你就叫牙印了。

牙印似乎很满意这个新名字，它欢叫起来了。这会吵到邻居的，我拿食指放在嘴巴前，冲它"嘘"一声，它就安静下来。好乖巧的牙印。

我想起来上一个对着牙印这样“嘘”的人，想起了女生小赏，不知道感冒之中的她，是不是很难受，是不是吃过了药，就去睡觉了？

◇ 3 ◇

第三天的气候很温暖，毕竟已经进入了3月。楼下院子里，春天在大口地呼吸，带着这个季节各种花草的清香。早上8点半，送奶工准时来敲门了。我打开门来，阳光极其耀眼，一时间，我看不清楚站在面前的人。但是，眼睛看不清楚，心却看得很清楚。

小赏蹲下身来：“咦，我好像见过你。”

我就笑了。

牙印也认出了她吧。它撒欢起来，亲昵地咬她的手指。小赏转身说：“你不方便哦，我帮你吧！”我说，“那好的，谢谢你哦！”

她的举动，怎么就跟那个叫于靖淳的男生一样呢！我可以完全感觉到，他们的行为不是商业性培训出来的，而是纯粹的。来自年少的人的纯粹的关切。她问我牙印的餐具收在哪里，狗粮摆在橱柜的什么地方。她很熟练地操作着一切。不过她比那个男生多出一个问题：“你吃过早餐了么？”

我说：“刚好我今天没有吃到，因为昨天我母亲去了姑姑家。我不想吃冰箱里的面包了。”小赏就摸摸自己的肚子：“我也没吃呢。你是倒数第二家哦，我干脆送完最后一家，顺路回来，给你带早餐，怎么样？”

我们，这才是第一次说话吧！怎么就好像认识了很久呢！已经到了好朋友一样帮我买早餐了么！确切地说，我认识了她很久。但她却不认识我啊！

我在心里所想的，一瞬间就过去了，并没有被说出来。我只是又客气地说：“谢谢啊！”其实，关于他们所做的一切，还有一个更加朴素又更加简单的解释，他们同情我。

但是，我为什么一定要往那么封闭狭隘的方面去想？同情，和陌生的人，并不相同遭遇的人，却可以怀着同样的情绪，这本来就是很美好的事情。

只是，我很想把这两个字，换成一个人。

比如，跟那个男孩子换成友情。

跟这个叫小赏的女孩子，换成……也许，我不该想太多。我寂寞得太久了，两脚走不出时光的半尺范围。那是一种深深的渴望，又是一种深深的畏缩。

◇ 4 ◇

这个世界每天都是不一样的。如果你不这样觉得，那只是因为你有太多重要的事情去做，把这些忽略了。

如果你像我一样，可以用大部分的时间，留意外面走过的人，树木和草皮跟着季节转变，而一年一年黄、白、碧绿，又转为枯黄。

在这样的循环里，树木又高了一点，2楼看过去，接近同样的高度。每天在门口散步的太婆，步子更加蹒跚了。常常放学回家的小学生们，手里的漫画杂志，每个月都不一样。

也因此，我还是继续看着小赏。只是，和以前不同。她的身边，多了一辆单车，那辆单车上，是笑声晴朗灿烂的于靖淳。

也不知道从什么时候开始，他们两个轮换着出现在我家的门口。我找到了规律，就会在于靖淳来的时候，请他吃几块饼干。而在小赏来的时候，总是没有吃早餐。嗯，我是真的没有吃早餐，我不是伪装的。我知道，欺骗不是好事情。

我只是想，在一天之中，可以两次看见她。听见她说话。

牙印的变化越发大了，它有点肉了，它的动作开始敏捷了。它也长大了一点。牙印和靖淳，和小赏，厮混得极其熟悉了。它甚至比我准确，有时候他们临时改换了规律，牙印可以闻出站在门外的是谁。

如果是小赏，牙印会咬我的轮椅一口。轮椅被牙印咬得多了，就受伤了。看着叫人很难过。我给轮椅包扎好伤口，缠上透明的胶带。这样牙印就更加肆无忌惮了。

渐渐地，我不再从很早的早上，就坐到飘窗前了。我好像，不愿意看见，他们两个人很快乐地聊天。寂寞一定站在距离他们远远的地方，不敢靠近吧！他们可以骑着单车做兼职，可以在阳光下，大步跑着。有时候，他们会追赶打闹。这样我就不得不更加的忧伤了。雨天的时候，不适宜出门。晴天的时候，没有伙伴，我哪里也不想去。

我似乎可以觉察到，在他们之间，已经有无形的藤蔓，碧绿盎然地在生长。我的膝盖上，是那把收起来的蓝色雨伞。

我一直没有告诉小赏，我拿了她的伞。当她来了，又走了以后，我就会把雨伞拿出来，很认真很仔细地查看雨伞。伞是Leighton的。在手柄的商标下，用小刀刻了文字，却是我看不懂的字母。

我的忧伤，仿佛要弥漫到十个星系。

◇ 5 ◇

小赏给我买的早餐，是薯饼和一杯红茶。这些日子，一直固定不变化。我知道，这说明，她喜欢吃薯饼，喜欢喝红茶。这是她的喜好。渐渐就变成了我的喜好。而于靖淳有的时候，会忽然抱怨说：“女孩子的心思真是复杂啊！”

我会微笑着偏着脑袋问：“是哪个女孩子哦？”于靖淳就嘿嘿地笑，“难道你还不知道啊？”

我当然知道，可是，我不愿意从自己的口里说出这个事实。我只是问：“是不是惹她生气了呢？女孩子生气了，就要哄哄啊，去买东西送她吧！”

于靖淳就问："是啊，是啊，你说买什么东西好呢？"我说："不如，你买一把Leighton的遮阳的两用雨伞送给她吧！夏天就要来了，女孩子怕皮肤晒黑了不好。"于靖淳就叫道："好，我现在就去买。"

时间过得真快，就要夏天了。牙印生活得很好，不会再被风吹雨打了。我的脚，经过了一年的恢复似乎好转了许多。

这个月复查。医生的眼神很肯定。医生说，按照这样的情形，恢复得太好了。

本来一年是不可能恢复得这么好的。不过，人的恢复努力，也跟意志有关的。要保持这样的精神状态哦！

我笑着跟医生说谢谢。

母亲推着我慢慢地走，四月的树叶仍然掉得厉害。这个城市一到五月，就是地道的夏天了。清洁工人忙碌地打扫树叶。今天我不在家，不知道会是谁送宠物牛奶过来？不知道，于靖淳有没有买伞送给小赏。

回家了。给牙印的小瓶子牛奶放在门口。在一份早餐旁边，还有纸条："如果冷了，记得加热再吃。"是小赏的字迹。

打开门，牙印看来是饿坏了，自己去撕扯牛奶，母亲去给它拿狗粮。牙印浑然看不出初次被我抱回家的时候，那副颓丧不堪瘦弱瑟缩的样子了。

我呢？我会好起来的。但是，这样漫长的寂寞，让我多少不再是14岁时候的样子了。14岁的时候，我就像现在的牙印，活泼好动，在网球场上享受喝彩。摔倒受伤之后，我也就停歇了一些梦想。

可是，等到我好起来，已经迟了。

我所喜欢的人，已经有了别的喜欢的男孩子了。生命依靠那些具体而细微的事件来建立联系。我失去了那些机会和条件，我与小赏建立的联系，以及相处的世界，无法超过她与于靖淳。

我不能够骑着单车陪她一起送宠物牛奶，也不能够和她一起去逛街，给她买美味的小零食，也不能够背着她跑。

我永远不会知道，在于靖淳和小赏之间，爱慕与欢喜，是怎么诞生的？他们是在哪里开始牵的手，是因为什么而说了第一句话？在这段时间里，他们已经建了一座枝繁叶茂的花园。我永远赶不上了。

我明白，这是在嫉妒。

◇ 6 ◇

小赏又来了。夏天阳光猛烈，我准备好了冰冻葡萄汽水，小赏不客气地咕咚咕咚地大口喝着。然后她摸摸我的额头，说："好奇怪，怎么今天你不说话，光是傻笑。"我已经不介意她的亲近了。

我说："你喝汽水的样子好可爱，我好担心我会喜欢上你。"

小赏就愣了一下，空的玻璃汽水瓶子，就滚落到地板上，没有摔碎，完好无损，咕咚咕咚滚到牙印的面前。牙印就扒着玻璃瓶子嬉戏。小赏就呵呵地笑，她的笑，很开朗，很开朗，也许她这样开朗的女孩子，也只能够由阳光灿烂的于靖淳来配。

我待在屋子里太久了，常常失眠，昼夜颠倒，我在暗夜月光里的时间，要比日光里多许多。小赏说："喜欢的人越多，证明我的魅力越大。哈哈。"

她的笑声根本就是在假装豪迈。再豪迈，也掩饰不了她只是一个小女生。

我问："今天太阳那么大，你打了遮阳伞来的么？小心晒黑了，别的男生不喜欢你了。"

小赏的语气忽然就变得淡淡的了："我是打伞来的啊。可惜，不是我原先的那把了，虽然是一个牌子一个型号的。"

我的心里浮上来说不出味道的感觉。我很想问她，那个写在她前雨伞的手柄上的单词是什么意思。小赏就笑着站起来说："好啦好啦，我该走了，我还有课呢！"

走到门口的时候，我转动轮椅，把自己安置到阳光里面，我看见小赏半转过身，犹豫着要说什么。她却只是一挥手："好啦，不要送我了。我们都这么熟悉了。"

是的，我们都这么熟了，但我却始终像是在迎接送走一个珍贵的客人。

当牙印在我没关门的门口晒起太阳，懒洋洋地打哈欠的时候，手机响了。我看见来电人的名字在屏幕上跳跃着。是小赏。

她走了30分钟了，却忽然打来电话。

"是落下了什么东西吗？"我问。电话那头的小赏沉默着，最后她呵呵笑了，说："假如我说我很喜欢你，该怎么办哦！"

我脱口而出："那于靖淳呢？"

这句话回荡着，在所有遇见的东西上跌跌撞撞。那于靖淳呢？一切仿佛忽然被阳光晒成通透澄澈的冰块。那些自欺欺人的判断，那些刻意回避的情怀，统统变成了选择题。这道题目只有两个选项：A或者B。

电话那头是小赏悠长不尽的叹息："我也不知道。"

◇ 7 ◇

又下雨了。盛夏之雨骤然而剧烈。我看见了淋漓着水的小赏，裙子全部都湿了。我从轮椅上站起来，虽然还不能够完全恢复行走，但可以借助拐杖行动了。我说快去拿干毛巾擦，不然就感冒了。

小赏像是在喃喃自语："每天，从楼下走过的时候，我就感觉很安心。就像是一只信鸽，心里清楚，不管自己走到哪里都有人等待牵挂着。你知道吗？我已经习惯了被你注视。下雨时，天晴时，夏天时，冬天时。可是你没有说出我想要听见的，我知道那把伞被你收起来了。我知道你是喜欢我的，结果又出现了于靖淳，我居然也喜欢上了他。"

小赏接过我拿来的毛巾，擦干了头发，却没去擦面孔上的雨水。

我知道她挺痛苦。爱上两个人，幸福与痛苦都是双倍的。如何选择，我不知道能够说什么了。爱情就是这么奇妙。

我只有沉默。如果我可以勇敢一些，这样的选择难题，根本就不会摆放到她的面前。

但是，如果我足够勇敢，也许我不会那样默默注视着她。

究竟，她爱谁更加多一点？

我后来查到了，雨伞刻的古怪的字母单词，是希腊文，有情爱诞生之意。

在爱情诞生的时候，我们谁也无法预料，不可控制。任由其降临，如命运一般降临。

小赏离开了，在她离开之后，我抱着那把蓝色的旧雨伞，我的腿，可以感觉到雨伞的布料很柔软。它们已经渐渐恢复知觉。小赏离开时说的是明年见吧！

不能够选择的时候，那么，就回避吧！

我们多数人都是这样做的。

她要去哪里？

这个问题没有答案。因为小赏没有告诉我，也没有告诉于靖淳。小赏从牛奶店辞职了。

换到于靖淳来的时候，他已经什么都知道了。

我们还是朋友。

半年过去了。

我已经恢复了行走。虽然不能够做剧烈的运动，但是重拾走路的我，像是第一次吃到糖果的小孩子，喜悦到膨胀如气球，无处安放。我们是情敌，但还是朋友。

小赏不在的时候，我们会定期见面。见面的内容只有一个，那就是喝啤酒。

我们坐在外面的小摊上。

直到又一个夏季到来。

又是6月了，这是夜宵小吃最盛行的时候，吃烧烤的人一群又一群。我们要了罐装啤酒，喝了一听又一听，越喝越多，像是永远喝不够。

醉了的于靖淳，仍然在嘟囔："你说了明年见的，说了的。"我看见他泪流满面。

只有牙印仍然很寂寞地跟着我，看着我们，不明白究竟发生了什么。它长大了，是一条大狗了。那个给它打伞遮雨的女生再也不会对它"嘘"一声，让它保持安静了。

那个小赏离开的雨天，她的单车撞上了汽车。这纯粹是意外事故。但她永远回避了这个问题。

或者应该给这个故事一个更加好的解释，一个人的心才不会忧伤到可以弥漫十个星系。

关于爱情的一切都在那一刻终止……在我们开始的时候结束了。没有非此即彼了。

她永远爱着我们两个人，也永远被我们两个人爱着。

人生中遇到爱不稀奇，
爱得像个故事也不稀奇，
同时爱上两个人才是最要命的。
这正是爱的魔术。
把爱留下，
把人放开。

那些教过我们的人

在滚落之前，大卫说：“别喝了，我输了。”

黎秧旁观，女生比较细心敏感，她发现大卫装醉。

趁着怀托摩的兄弟们抬走真醉的男友。黎秧问：“为什么？”

大卫淡淡地回答：“我看他再喝该胃出血了。”

◇ 1 ◇

黎秧上个大学比上班族还忙，周末去打印足球比赛的活动海报，平时整理每个人交上来的学籍资料，期末了把成绩单塞到白色信封里……原因很简单，因为怀托摩是班长，而她是班长的女朋友。

黎秧把准备工作都做完了，这样怀托摩在开班会的时候就显得很用心。怀托摩还是学校的足球队队长，以前男孩踢球，他的女朋友要去喝彩当啦啦队。现在黎秧主要是在图书馆客串他的小秘书。

此时此刻，怀托摩在学校操场上踢足球应该又赢得了几声喝彩。黎秧还要顺带温习自己的功课，在考试前把缩略笔记给男朋友快速参考。

看到厌烦的时候，她把大叠从笔记本撕扯下来的纸、印刷有学校题头的信纸、专门用来写报告的B5打印纸，翻过来盖在桌子上。连足球队的出战宣言，也由她归纳。女生给男朋友做点细致活好像天经地义。

最后一页的背面是一笔清秀好字，全然手写，信笔挥洒的架势。

“我并不比一朵毛蕊花或牧场上的一朵蒲公英寂寞，我不比一张豆叶，一枝酢酱草，或一只马蝇，或一只大黄蜂更孤独。我不比密尔溪，或一只风信鸡，或北极星，或南风更寂寞，我不比四月的雨或正月的融雪，或新屋中的第一只蜘蛛更孤独。”

外国诗人怀着一派田园风光的情绪，却变成黎秧百无聊赖寻找的小乐子。她一个人发笑。然后念了一遍，还是忍不住发笑，笑着笑着就翻过来看。

是蒲公英还是自己的国家寂寞?

是叶子和草和昆虫孤独，还是怀托摩的女友更孤独?

怀托摩是新西兰有名的萤火虫洞，美得不可思议。男友说会在毕业后结婚，旅行时带她去看。黎秧就改口一直叫男友怀托摩。

◇ 2 ◇

一个大男生被人看见了自己抄写在废纸背面的话，多少有点尴尬。在第三学生餐厅相遇时，黎秧有意无意提到这个笑料，大卫尴尬的样子表现为一直低着头。黎秧就更加想笑：“喂，看不出你心思这样细腻啊！”

“哪有，在图书馆看书的时候顺手抄写的，就是觉得念起来很有味儿。”大卫说。

这也就是间接在说小宣言也是在图书馆里寻章摘句抄的。黎秧把从笔记本子上撕下的纸还给大卫。他再看一眼黎秧，说：“我认识你，你是队长的女朋友。”

大卫也是校足球队的。

足球队员和足球队员是不一样的。有一阵子黎秧还以为所有校足球队的男生，都一身臭汗，面目可憎。

怀托摩早在入学军训未结束时期，就把她给拿下了。这个词后来怀托摩当着他的哥们也照用不误。嘿，我在她面前进了3个球，打横一把抱起她，就成了。一分钟拿下。

黎秧得承认，看着额头满是汗骄傲又兴奋的足球队队长下了场，罔顾其他女生的尖叫和殷勤，直接满足了自己的虚荣，确实拿下了她。然后，给他递上温热的盐水，送上白色毛巾，甚至洗满是男生荷尔蒙气味的球衣，她都是心甘情愿的。爱运动的男生，身材很棒。

大一以后，满世界都知道她黎秧是怀托摩的女朋友。

◇ 3 ◇

夏天怀托摩带着球队跟隔壁的政大打比赛，棋逢对手，好不容易险胜。吆喝着一起去小餐厅吃烧烤喝啤酒庆祝。他请客，偕同黎秧。

混杂在一群男生中间黎秧觉得很不自在。男生们明显想放肆又没敢彻底放肆。挨个客气地跟黎秧敬酒，然后怀托摩一一代喝。他们纷纷喊她嫂子。

这样就更加衬托得场面热闹，倍儿有面子。黎秧赔笑着每个人，自己还是只喝果汁。

这当中只有大卫默不作声。轮到他，也只是举一举杯子，慢慢地咕噜完一杯。怀托摩推开杯子，揽过大卫的臂膀，很义气地说："嘿，你怎么不喝？一点也不爷们。"大卫看看怀托摩，再看看黎秧，只说了一个字，"干。"他们就干了一打青岛啤酒。

然后怀托摩明显醉话连篇起来："看不出你小子场上不错，酒量也不错。"大卫仍然是默默灌酒，活像是无底洞一样。最后他们下了饭桌，两个人一起滚落到地上。

在滚落之前，大卫说："别喝了，我输了。"

黎秧旁观，女生比较细心敏感，她发现大卫装醉。

趁着怀托摩的兄弟们抬走真醉的男友。黎秧问："为什么？"

大卫淡淡地回答："我看他再喝该胃出血了。"

◇ 4 ◇

念中文的大卫和学法律的怀托摩大为不同。就像是足球队队长怀托摩和足球队队员大卫大不同。前卫和守门，职责个性大不同。

愿意给别人面子的人，和一定要别人给自己面子的人也是不一样的。

那一瞬间黎秧忽然想起了塞林格的自白："一个不成熟男人的标志是他愿意为某种事业英勇地死去；一个成熟男人的标志是他愿意为某种事业卑贱地活着。"

她一直观看着，全程观看，毫不劝阻。很多事当事人骄傲而迟钝，而旁观者手握天平，锱铢必较。

天平已经倾斜，但有些人看不见，因为这倾斜静默无声。比光明正大更具诱惑的，是隐蔽藏匿的爱。

秋天怀托摩不再出现在足球队，大三之后就业跟考研变成两座大山。他的班长职务也歇了。最为搞笑的是，同年他的体育课没及格。在辅导员办公室外，黎秧听见精彩的对白。"传出去不是笑话嘛，堂堂校足球队队长三千米居然没及格。挂科了我还怎么推荐你保研？"

黎秧在门外听见怀托摩解释："因为上午脚痒忍不住去踢球了，结果下午……"

旁边还有别的男生在插科打诨："是不是晚上跟女朋友玩得过头了哟！"

黎秧忽然觉得恶心。

后面的黎秧没有听下去，因为她走到对面比邻的文学院，仰头看见了红纸黑字的喜报，其中一条是大卫同学获得校职业规划比赛二等奖。怀托摩出来以后冲她说："你在看什么？我们下午去下体育老师的家吧，只好给他送点礼了，有一科不及格不好办事。"

晚上从教工宿舍区出来，风一下一下吹开黎秧的眼睫毛，很刺眼。她在泪眼婆娑之前说："我们分手吧！"

怀托摩在愣过以后，骂了一句："你说什么啊！"然后他开始气急败坏。

怀托摩一直骂，黎秧一直哭。

黎秧不想解释自己流眼泪是因为眼睛掉进睫毛了，弄不出来。但如果这样能够让怀托摩好过一点，也无所谓了。

◇ 5 ◇

黎秧准备了许多话告诉大卫，比如为什么要分手，因为我感觉喜欢你。为什么喜欢你，因为我喜欢你的细腻喜欢你的沉默，喜欢你照顾他人的处境与想法。所以如果你不介意背负一个抢人女朋友的小小恶名，那，我愿意做你的女朋友。

大卫都听着。在最后他只回了一句话，这句话只有一个字，"好"。大卫更像个男人，而怀托摩，像一个起初迷人，但后来叫人渐渐抗拒不安的男孩。

黎秧对自己说，你的眼光不会错。

大卫不会当着别人的面说拿下了她，仿佛她是一件玩具。一个比赛目标，一个打赌的彩头。大卫也不会派放她做烦琐的所谓女朋友该做的事情。大卫更不会动不动就和人拼酒，炫耀说我女朋友漂亮吧。甚至，他提到过去的女朋友，也不出一句恶言。

直到大卫在和她约会的一天，忽然说有个同学经过，他打算送一送。她懂事地自己回学校。在学校遇见怀托摩的时候，她想要假装没看见躲闪过去。但怀托摩径直走到她面前，她有点慌张。他想做什么？已经分手，何必纠缠。

怀托摩却只是望着她，良久，叹了一口气，转身走开了。他大不像从前的脾性。黎秧赶上前去："有什么话要跟我说，就直接说吧。"

怀托摩想了想，回答："没什么，只是想看看你最近好不好。"

"只是这样吗？"黎秧问。

怀托摩没有开口，他终于伸出手，掌心里是他的手机。清晰的画面浮现在屏幕上，是大卫和另外一个女生。

她转身而去，她需要解释。

后来大卫给她解释。他以足够成熟的语调说，那是以前的女朋友，需要救济借钱，怕黎秧多想因此没有提。沉默半天，她点点头。又想了一想，她轻轻说："我们分手吧。"

大卫愣了一愣，仍是一个字，"好"。

她给怀托摩打电话，像是落难的公主求助于路过的武士。"我们重来过，好不好？"

◇ 6 ◇

当时电话中的怀托摩说："太迟了。"

怀托摩已经毕业，放弃保研了，他与现在的女朋友不声不响领了证，一起北上，去一家金融公司。

而大卫，寂寞令男生长大成人，但使大卫寂寞的，不是她黎秧。他掩盖事实，他去见以前的女友。

黎秧早该知道，必有一个女生在前，才令一个男孩兼顾隐忍与美德。隐忍与美德，那是别人教会的，不是黎秧。那个女孩，叫大卫刻骨铭心。

大卫始终难忘前女友。

这是黎秧无法忍受的残忍事实。毕业时分，夏天的空气每年都那般炎热。

她喝了很多散场告别送行的酒。黎秧回过头，站台空荡荡的不像话。她忍不住蹲下身，仿佛要呕吐的样子。

有个人也在黎秧旁边蹲下，这个人对她说："吐完就舒服了。"他递给她纸巾，送上纯净水漱口。他的动作手势，语言神态，温柔而克制。

正是怀托摩。

黎秧说："谢谢。"

几分钟后，一个女孩从洗手间出来，挽住了怀托摩，上了下一趟列车。

谢谢属于他人的怀托摩，也谢谢心有旧爱的大卫。

陪黎秧去看怀托摩萤火虫洞的人，不是他们。

她并不想独自一个人去看世界上最美的萤火虫洞。明天上午的飞机会带黎秧去另外一个地方工作。人生从头再来，新的恋人也要继续寻觅等待。

教过我们的人，终归都成为过去，不在我们身边。

有些人令我们成长，
令我们学会爱自己，
令我们耿耿于怀。
但他们成为了过去。
感谢教过我们的人，
虽然他们已经不在我们身边。

是末被制成小提琴的枥木吗?

“你又怎么知道它好吃呢？”云椿问这个男孩。

“我那个朋友，在送炒饭给女友的路上，偷吃了一勺。他说，那是他吃过的最美味的炒饭。然后他就不恨那女孩了。他决定放下那女孩，重新去爱别的女孩。”

“他不是死掉了吗？”

◇ 1 ◇

云椿跟陶树吵完架提出分手的下午，经过海鲜店门口，一个食客正在劝他的同伴说：“人不能饿着肚子追求理想，吃饱吃好趁早回去加班。”

“只要能表演，让我天天吃炒饭也愿意。”云椿当时跟陶树如此说。陶树的眼中满是痛苦，“你就不考虑我们的未来吗？表演能当饭吃吗？你听听别人说的话。”

吵到最后，陶树转身就走，云椿跟他背道而驰，消失在街道尽头。如果换成从前，陶树会在她扭头走开三百米时就会赶上来。

这一次云椿彻夜未眠，等到天亮都没有讯息。之后的日子，天一亮再亮，云椿不得不饿着肚子，痛苦地去话剧团安排表演的小礼堂。

◇ 2 ◇

琥珀话剧团成立了四年，云椿在大二那年被招进去。因为优秀的剧目，她拿到了市级省级许多的大学生文艺奖。毕业一年后，话剧团为了生存下去开始到处接洽商演。三十几名团员缩减到十二个固定团员的小团体，接一单八百块，平均分下来云椿拿到七十元。

他们排练的常用剧目叫《告别》。当末日那天来临，万物面临灭绝，一群最后的人类身穿白衣白裤，各自赤着脚回忆一生之中最美好的光阴。

云椿将头发留到齐腰，只在尾端绑两条橡皮筋，脸色苍白地站在最前面，一言不发，伸展四肢，做出被抱紧的姿势。

接着，那些孤零零的个体开始相互拥抱，消减恐惧哀伤。台下一片静默，然后掌声如雷，他们被感动了。

看表演的都是些大学生，买得起十块钱一张的小众话剧的门票。但是表演的人已经毕业了，买不起一万多一平方米的房子。

为什么我们不能一直租房恋爱呢？为什么爱情和面包总要变成天敌呢？为什么陶树再也没有来找我呢？云椿很困惑。

她只想过着自己想要的生活，站在表演台上永远沉浸其中。然而人的肚子却会饿，每天吃了没多久，又饿了。

云椿和陶树在城市的边缘租了一套最小最便宜的屋子。陶树早上去公司上班，云椿就去附近的拉面馆打工，每天黄昏时去洗刷碗筷，右手接过的钱刚好付了左手交出去的房租。陶树则负责日常开销和存钱，社会怎么前进，买房子总是男孩的职责。

吵架后陶树再也没有回出租屋，云椿只能自己撑下去。不料拉面馆开了没多久倒闭了，云椿就失业了。靠琥珀话剧团的那点收入，她只能天天吃泡面，房东要她搬走的那一天，她吃掉了最后一包面，她悲哀地想，也许自己吃多了防腐剂，最后也变成化石。琥珀，本就是牺牲一个微小生命凝固美好的化石。那时候她就是名副其实琥珀话剧的女主角了。

感动过很多观众的云椿，就这样失去了陶树。在她肚子最饿的时候，没人带她去吃饭了。在学校时，她是会表演，形体内外又美又纯的女孩。毕业后，她是可耻的，脱离现实的寄生虫。

人生到此，还能如何？世界还没有到末日，云椿的表演生涯已经到头了。在出租屋里，云椿收拾物品准备滚蛋时，绝望地哭了。

这个时候她多么想要陶树在身边，给她一个拥抱。

没有拥抱，她接到了一个电话。

◇ 3 ◇

卖拉面生意不好，准备结业的老板，改开炒饭店。炒饭店也有很多盘子、叉子、汤匙要洗，老板给云椿打电话，云椿绝处逢生了。

独自生活的云椿，尝试主动给陶树打电话，对方却已经变成了空号。云椿也尝试在这条小吃一条街兜兜转转，扇贝、花甲、章鱼丸子、炸鸡、煎包、水饺都在，陶树不在了。

尤其是，他们常常光顾的炒饭店，变成鸡排店。这些做小生意的店铺，总是在交换行当。正是因为那家不炒饭了，所以云椿服务的拉面馆才改炒饭店的。

但在物价飞涨的年代，人力成本也在涨。炒饭师傅提出涨工资，老板不答应，师傅就罢工了。

老板一咬牙亲自上阵，遗憾的是，他就是炒不出师傅那个味道。生意从顾客盈门到门可罗雀，只是转瞬间。

那天晚上，云椿戴着胶手套洗完所有的盘子、汤匙、叉子，炒饭店就只剩她一个人了。绝望的老板负气撇下店子，回家睡觉了。厨房那些材料，在锅子旁边出师未捷，空悲切。

灯火通明空余一人的店子很安静，云椿很饿，想吃东西。她决定给自己炒一个饭。开火，倒油，加热，将那些洋葱、蒜片、姜末、豆豉、红椒、青椒爆香，挖一大勺隔夜饭，挑入五香粉，拍开压散，翻炒搅拌，搅拌翻炒。

锅子里五色斑斓，沸腾热闹。双手忙碌，沉默不语的云椿，在那一刻想起了周星驰。

食神周星驰只一味黯然销魂饭，打败了佛跳墙。饥肠辘辘的云椿没有火云掌手心煎蛋，她只会将炒饭扒开，在最中央再倒下一点芝麻香油，浇下蛋液，撒下蘑菇香肠丁。

炒饭初熟，香气沁人心脾。深夜，嗅到香味而停步的男孩说，他要一份打包带走。这是今天的最后一个顾客，她没能拒绝。云椿一声不吭把炒饭一分为二，装好给男孩，剩下的自己吃。

不知道从什么时候开始，这世界如此沉痛寂寥，饭会黯然销魂，锅也明白寂寞。

孤独的人呢？

◇ 4 ◇

顽强支撑了五年的琥珀话剧团，在新年后解散。团长去银行上班了，清瘦的男主角结婚了，只用了一季的时间，就在搞大老婆的肚子时，也搞大了自己的肚子，失去看相再难登台。其他团员各有各的人生，因缘际会只在一时。云椿没去吃散伙饭，她受不了为了告别的聚会。

离开炒饭店之后，云椿去了南方。

南方一直在下雨，云椿打把伞带客户看楼，看一趟全身就湿一次。云椿穿套装，剪短头发，化精致的妆，起初的不自在，久了就习惯。

慢慢地，做售楼小姐的云椿存到了她人生中第一个十万块，她想给自己买一套小房子，或者找个安稳的男朋友，尽快生一个孩子。

她真的就在当地认识了一个男孩，先是约会吃饭，继而看电影和在黑暗中接吻。当他们开始谈婚论嫁的时候，云椿想起了自己搞丢了的户口迁徙底本。她回母校重新办理。

回到学校花了三天跑完手续，然后，她去了曾经和陶树一起租住的地方。令她瞠目结舌的是，那里不再是破落廉价的城中村，而是新建的小区。她在熟悉的车站站牌下，拎着背包发呆了很久。二十四岁的云椿，黯然地上了公交车。

在她乘坐的公交车开出后，一名男子冲出站牌背后的蛋糕店，狂奔追赶，结果在躲闪一辆自行车时，摔倒在旁边的人行道上。骑车的大婶慌了，问男人有没有事，他摆手说没事，让大婶先走了。可他久久无法爬起身。

二十六岁的陶树靠在人行道上浑身无力，两眼酸热，他一屁股坐到地上，久久爬不起来。

分手那天，他来不及悔恨，就赶往了医院。就在那天，他的父亲感冒输液的时候猝死。坐在医院急救室外的走廊地上，他也是这样久久爬不起来。

陶树的父亲下葬时，一个老人在旁边看望去世多年的老伴，陶树送走了母亲，又折返回来默默流泪。那老人还在，这样子劝慰他："孩子，痛苦总会过去的。"

在这个城市一日之内失恋、丧父，难以承受痛苦的陶树辞职了，跑去了北京。当心中的痛苦终于平息，陶树回来了，再想联系云椿时，她已经联系不上了。一条人命，医院赔偿了十九万，陶树用这笔钱，加上继续工作的积蓄，付了首付，买了房子。那是一套足够一对年轻男女建立家庭生活的两居室。

他确定那个背影是云椿，他甚至看见了她无名指上的戒指，陶树很想告诉云椿，他在等她，就连房子也买在原来的地方。此刻他终于承认自己的一厢情愿，他已错过了她。

陶树哭出来，不管不顾路人的冷眼旁观，泪流满面，毫无保留。

◇ 5 ◇

人生中你忘不了的人和事物，永远都不会忘记。他们只是被压缩，收藏，封锁在内心最深处。然而，一旦打开，便如火山复活。

云椿还去了那条街。这里同样在进行城市改造，老街区拆迁，大半个旧街摧枯拉朽地化为废墟，还有小部分店铺仍在坚守，不到最后一刻不撤退。云椿发现她工作过的炒饭店老板还在。老板认出了云椿。

你知道吗？你第二天就不来了，电话也关机了。可是第二天好几个女生来买炒饭，她们说吃到一份有生以来最好吃的炒饭。于是老板又恢复了信心，给师傅加薪请了回来，把店勉强维持下去。

但是无论炒饭师傅如何操铲，都做不出那味道，有个女生读研留校，至今念念不忘，隔一段时间就来问。这事太神奇了，老板一直想当面问问云椿是怎么做到的。

同样的地方，还是那些材料，甚至连锅子都没换，只是更旧了。云椿再炒了一份饭。老板叫来了那女生，连同云椿，三人一起分吃了她人生中的又一次炒饭。

吃了那份炒饭的人，意见一致，很难吃。云椿只吃了一口就放下了勺子，心里无限茫然。

◇ 6 ◇

再难吃，也是自己炒的。云椿打包了那份炒饭，一个人去了长江大桥。在到达之前的一路上，靠着公交车上的车窗，云椿摇摇晃晃地睡着了。

不过，云椿，你真的睡着了吗？你没有。你只是闭着眼睛，默念着你记诵过的诗，“我心灵的深处有什么正在发育。是仙人掌熟透的荒野吗？是还未满月的小小的独角兽吗？是未被制成小提琴的枥木吗？”

陶树曾问她，枥是什么木？枥木是富于韧性的木，被切开、被割裂、被打磨，苦痛加身，尔后制成小提琴，奏出美妙音乐。人生、爱和枥木的命运并无二致，妥协、分离、告别，都能对应上。

爱好小提琴却当了小学语文老师的母亲，背叛了自己的初心。这不能承受之重，在时代的浪潮里，变成格格不入的愚蠢信念，毁了她最初的爱情。然后她做着不喜欢的工作，嫁给可爱可不爱的人，过着可过可不过的生活。

在桥上俯瞰着江水逝去，她打开饭盒，一口一口吃起来。直到一个男孩朝她走来，停下脚步。

◇ 7 ◇

这男孩主动搭讪，说："看见你，我想起我的一个朋友了。"

"是吗？为什么？"

男孩说："我的朋友，有一个深爱的女友。他的女友曾经在深夜肚子饿了，要他给她买吃的。于是，我那位朋友就翻校门，去一条小吃街找了很久，但店子都关门了。最后有个女孩在炒饭，我的朋友买了一份打包，送去女友那里。那个女孩宿舍的人，分着吃了，她们说，那炒饭的味道极为难忘，至今怀念。"

"后来呢？"

"后来他们分开了。我的朋友留在本地工作，他的女友嫁给了一个条件不错的男人。我的朋友很痛苦，觉得再也活不下去。所以，他在一天早上，选择了来这里，跳下去。"

云椿笑了，她为自己吃惊，她居然能够如此残忍地笑出来："所以你下班总会走路过桥，怀念你的朋友吗？"

"嗯，你猜对了大部分。我觉得，你不应该吃东西时流这么多的眼泪，否则世界上那些饿肚子的人该怎么办？你脑袋里也不该想着从这里跳下去。你看你，吃得那么香，这下面的江水很冷，如果来不及把你打捞上来，你就再也吃不到这么好吃的炒饭了。"

"你又怎么知道它好吃呢？"云椿问这个男孩。

"我那个朋友，在送炒饭给女友的路上，偷吃了一勺。他说，那是他吃过的最美味的炒饭。然后他就不恨那女孩了。他决定放下那女孩，重新去爱别的女孩。"

"他不是死掉了吗？"

"他死了以后，我就活过来了。我就在这附近上班，每天都会沿着这座桥，走上两遍。看日出与落日。真的很美。”

看着这男孩的眼睛，良久，云椿跟他说：“谢谢你，我也祝福你。再见。”

她走在夕阳下的大桥上，这大桥横跨国境之中，亚洲以内最长的江，她忽然不再觉得悲伤了。

与此同时，跌坐地上的陶树，看着日落，直至不再流泪，心中代之以至深的哀伤。

生命历经哀伤的洗礼后，然后涌出广袤的平静。痛苦总会过去，然后暮色四合中，他自己站起来，转身回家。

爱到死过去又活过来。
脱胎换骨，
宛如新生。
这是哀伤给我们的重要洗礼。

月亮在头顶低悬

“我还得谢谢你那时候帮我，冒着作弊风险，会考给我送答案。”她不断回忆。

“会考而已，谁不作弊？”江河微笑道。

“但你是文科第一啊。”

江河点头不语。

◇ 1 ◇

年轻的时候，江河的世界只有李央。他们两家人是邻居，他们从小玩到大。

亚热带季风吹过汉江边上的小城，光照充足，入夏炎热。无所事事的孩子们，到处抓金龟子。这种昆虫和野蜜蜂差不多大，一身麻黄色，擅于飞行。

被活捉的金龟子，江河稳稳地捏住，拿一根细细的竹签顺着它的背部扎进去。那可怜的昆虫因为剧烈的疼痛，不停地振动翅膀，做痛苦的死亡之舞。有人用来取乐，也有人用来示爱。

在金龟子拼命挣扎扇动翅膀的时候，李央享受到一阵清凉惬意的微风，她闭上眼睛，脸上无声无息地泛出微笑。为了这笑，江河愿意为李央做任何事。哪怕是像课外书上讲的故事，为了喜欢的美人妃子，国君烽火戏诸侯，更何况是折磨几只昆虫。

十五岁的小城少年，并没有意识到，近在咫尺，又遥不可及的李央，也是他后背上的竹签。

李央心中有一块田，积有千堆雪。

◇ 2 ◇

李央去了城市的江边。宽阔的江面横着渔网和乌黑的小舟，风吹荡漾。还未开发的时代，保留着天然美景。几千米之外，就是小城市最繁华的地段。

几个骑着自行车的男孩，来到了江边。

他们小心翼翼地避免弄脏白球鞋，卷起衬衫袖子和深蓝色裤子，握住撑杆，留一个同伴在岸边举起黑色的照相机。他们在摆拍。

拿照相机的男孩戴着手表，日光反射过来，李央挡住自己的眼睛。

“来，一起照。”斜挎照相机的男孩伸手，李央抓住了那只手。距离很近，她看见照相机的牌子叫奥林巴斯，这比江河家的凤凰牌洋气太多。

城市玩摄影的少年抓住女孩的手，气定神闲，全无羞涩。他们说说笑笑，谈论当下最新的电影，莱昂纳多和海洋之心。

那个下午的阳光炽热，整个江面明亮无比。在光芒中，李央忽然觉得自己是一块田，积了千堆雪，日出就全部瓦解。她晕头转向，如同做白日梦一般，双脚迈出，跟着迷人的男孩脱离了群体。

找不到女主角，江河的表演被砍掉。他找遍了整个小镇，不见李央的踪影。他多么想告诉李央，你不能再逃课了。

在经济不发达的城镇，考不上大学的女孩子，大多数去了沿海城市，在服装厂令人眩晕的白炽灯下，眯起眼睛裁剪衣服。或者留在当地飞快地嫁人生子，看家做饭，垂垂老去。

这样的青春，毫无意义，只有剩余价值。他知道李央的家境，他们家面对面做了十几年邻居，门口种下的小树都已参天。

校庆结束后是会考，过了会考就能拿到一纸高中毕业证。李央出现在食堂旁边，她拎着凉鞋，在水龙头前哗哗地洗干净双脚。

江河最后问李央：“考不上大学你怎么办？”

这个问题李央也问过黑石。

“那就开个照相馆！你当我的模特。”黑石漫不经心地搂住李央。这是截然不同的人生，江河无法匹敌。

从小玩摄影的男孩，发表过摄影作品，还得过奖，更把李央印在了报纸副刊上。家有富余的钱，黑石要去中国屈指可数的大城市。

辗转在火车上，李央紧紧抓住黑石的手臂，欣赏车窗外的郊野湖泊、树林和山峦，以及铁路沿线新兴的工业城市的高楼大厦，像睁着眼睛做了个惊奇的梦。

没有多久，1998年的盛夏带着隐约的狂躁来临，气候反常，人们坐立不安。电视和广播里字正腔圆的播报新闻，长江流域多地的水位越过了警戒线。

谁也没想到，洪水来得那么凶狠，摧枯拉朽。

◇ 3 ◇

故乡被淹的江河，不得不爬上最高的树顶，低头俯瞰，苍茫汪洋。有人吼着救命，有人大难临头还抓着电视机不舍得放手，有人抱着自家的黄狗一起被淹没，有人被冲走。只有两三岁的孩童不知恐惧，坐在大木盆里顺流漂荡，咯咯发笑。

水边长大的孩子水性都不错，江河第一时间救出隔壁的老婆婆，拉着瑟瑟发抖的老人家爬到屋顶，回头转向李央家已经来不及。

后来纵横肆虐了半个中国的洪水终于减退，江河回到了自家的房子，他家的地基扎实没有倒下，但是值钱的东西都没了。

幸存的居民在夜里此起彼伏地哭，哭累了，变成呜咽。还好，江河的父母在外地打工，家里只有他。

换掉泡得稀烂的背心，擦干净身体，江河平躺在地板上，就着矿泉水干啃泡面，瞪着眼睛看满天的群星，他在想，被洪水卷走的屋顶，不知道去了哪里？

他还想起了李央，为她庆幸。

◇ 4 ◇

在黑石渴望通往大师的路上，充满了模仿。李央厌恶的名单也不断随之拉长，神经质的荒木经惟，压抑抵死的法斯宾德，古里古怪的达利……她不喜欢那些外国人，害她总是一丝不挂地对着镜头。

唯一的例外是个叫瓦尔达的老太婆，拍的东西有种难以言喻的绵软悱恻。一堆土豆里，露出一张笑脸；碎石头堆叠出坟墓，上面开了几朵小花。这些让李央想起自己被洪水覆盖的故乡和死掉的亲人。

她署在杂志上的摄影人物名，起初叫云梦，到了上海，变成乔莉。然后她又去了西藏，再回北京，改叫泽兰。像所有改头换面的女明星一样，改名换姓的央泽兰，更容易引发雪域朝圣的空灵联想。

她是一件优美的道具，黑石根据不同的潮流为她命名，换来名气和钱。

黑石去拍别的模特时，李央在租的房子里专心洗碗，抬起头时，她看着玻璃窗里自己的影子，愣了几秒，不知不觉，她去过许多地方，不知不觉，十年过去了。

她用手指沾水，在玻璃上写出歪歪斜斜的两个字，李央。

简单，平凡，符合她这样读书差，字也写得不好的女生，只念完高中，就跟着她仰慕的男生走了。离开故乡时，男孩对她说：“我是你生命中的黑石，闪耀着与众不同的光芒。”

这种透骨入心的自恋文艺腔，曾经让还是少女的她欢喜战栗，仿佛自身从此传奇，脱离生活的尘垢，去过最好的生活。

◇ 5 ◇

李央只用了一个小时就收拾了衣服物品，她打车去了火车站，在黑石外出拍片之时。她要离开他，彻彻底底的。

找到江河不难，江河连本省都没有出，他念了省内的大学，找了省会市内的工作，买了学校附近的房子。

江河没问李央，这十年你都去哪里了，做了什么。

他买了很多材料，在家里做了十二道菜。在他们家乡，招待贵客的正式宴席就得这么多道菜。

然后他们一边喝酒一边吃菜。李央蹲在椅子上回忆："你还记得吗？小时候你捉麻母给我。"

"我记得。那些昆虫挺可怜的，不过它们死得其所。"江河回答。

"我还得谢谢你那时候帮我，冒着作弊风险，会考给我送答案。"她不断回忆。

"会考而已，谁不作弊？"江河微笑道。

"但你是文科第一啊。"

江河点头不语。

半晌李央又问："你房子都买了，什么时候找个女孩结婚？"

"正在找。"

"找到通知我，我会送一封很大的红包。我以我的右胸发誓。"李央摸着胸口说。江河呵呵发笑，"好吧，你真像个女流氓。"

"是吗，来，再走一个。让我这个女流氓敬你这个文化人。"

他们扫空了所有的菜和啤酒，实在太撑，一起去阳台躺着消化，兼顾乘凉。

此刻刚好停电，远处高楼里有人点起蜡烛。暗夜中，江河想起了少年时代，他常常打开窗户，眺望对面楼房的灯火。

◇ 6 ◇

李央说："你手艺真好，可以开餐馆了。"江河来不及回答，李央就换了话题："你想睡我吗？"

江河见过她的裸体，在印刷精美的艺术画册，在摄影师的博客，纤毫毕现。也许搞艺术和耍流氓本来就是一回事，江河心想。

李央抱住江河的脖子。

曾经连手都不敢碰一下的女孩，现在却轻易就可以睡到，江河翻过身，压住李央。

她追随了黑石十年，整整一个年代，他们文艺青年的小圈子，是这么标记熟人的，这人我睡过，那个我没睡。随心所欲，万事迅速厌倦。

江河沉沉地睡着后，李央轻轻地穿好衣服。

彻夜无电，整片城区陷入长久的黯淡，直到灰云散开，月亮在头顶低悬，像一头白色的老虎，与李央静静对视。

喜欢李央的，李央喜欢的，她都睡过了。世上有些东西一旦重逢，就不复存在。

◇ 7 ◇

她蹑手蹑脚，离开他的家。在街头游荡，直到天亮了，在街头找到一家理发店，随手指了一位理发师，剪短头发。

这个理发师勇敢地找她要电话。遇到漂亮又有气质的女孩，一定要抓紧，因为机会稍纵即逝。

李央告诉了他号码。他以为接下来，可以跟这个女孩，一起约好看电影吃饭，很快就出双入对。可惜，号码的数字没有少，但打乱了顺序。

她已长大，不再盲目。那一次少小离家，千里之外狂热渐冷，本能惊醒，她想回家了。

她想念她的故乡，想念父母，想念那个对她完全痴心的男孩。太迟了，她无家可归了。洪水带走家人，留下她。再往后江河考上好学校，人生分道扬镳。

他对她那么好，但保守的少年不够勇气告白。她享受他的好，却不肯认账。她还那么年轻，不甘心平淡无奇一生到老。这中间她迷上别的男孩，跟他走掉了。匆匆忙忙，十年就没了。

如果当年没出走，她应该会和江河一起遭遇那场百年一遇的特大洪水。

滚滚洪流里，江河会极力朝她家游去，他会拉着她的手，穿过波浪，带她逃出生天，在最高的树顶抱紧彼此。

一生之中，有过那么一个青梅竹马，同生共死的人，就再也没什么会迷惑她。她将继续飘零，直至尘埃落定。

世间太多奇遇，
缘分太玄妙，
见识过真正的摧枯拉朽，
就不再迷恋貌似传奇的配角。

属于我们的最好时光

男孩闷了三秒钟说："我不是做什么的，朋友拉我来的。"

"什么叫不是做什么的？"

"我是个无业游民。"男孩回答。

"哦，无业游民怎么不去找工作？"

◇ 1 ◇

世上什么都会变质，秋刀鱼会过期，青春会失去，爱情会腐朽。

曹志在女朋友跟他说分手的时候，正在裁纸。

年纪轻轻却胸无大志超级内向的曹志把打印了大批通信地址的A4纸，一条一条裁成工整的小纸条。这份工作赚的钱吃饭租房混日子可以，却没什么前途。

曹志曾经是有志青年，现在却专心致志地裁纸条，重点是，他在接到女朋友亲口说分手的电话后，继续镇定地折腾那些小纸条，捏着固体胶，把地址条贴在信封上。那些堆积如小山的内刊，是这家全国有名的房地产公司做的最后一期。

出资人是业内响当当的大佬，内刊遍邀名家，文字精彩，有口皆碑。可是没办法，大势所趋，纸质报刊是日暮行业，无力回天，现在要改做电子版了。

谈恋爱跟他的工作可真像，不是做的不好，而是时间流逝，人变了，心跟着变了，有些东西再撑下去也是白费力，只好被淘汰了。

所以最后他叹一口气，跟同事打了个招呼说出去透透气，就再也没回来。

◇ 2 ◇

青杏就像她的名字一样，透着朴素家常。旧年月，北方家家院子里种几棵杏树。

这种漫不经心的女孩子，最讨厌穿高跟鞋。这样的女孩子要跟交往的男生搞好关系，比较难。因为她一点也不擅长卖萌撒娇。一般来说，拯救的办法是尽量做一个才华普通学历一般的人，做小伏低装温柔。

很遗憾青杏智商不错，是个学霸。在读书这件事情上太有天分了，所以她轻易就拿到了全额奖学金，很容易就跑到美国。

快快乐乐读完了几年书，再回来的时候，青杏发现，男孩子们怎么不来找她?

青杏在一家外企待着，并不算冷艳高贵。如今的外企早不是当年让名校学生们趋之若鹜的黄金宝地。

世界五百强又怎么样，金融危机来了该裁的就裁掉，绝不会留情。经济复苏了，外企也牛叉不再。青杏没有被裁，她还年轻，又不是那些薪水1比18的高层，活该被炒鱿鱼。

其实这也不是重点，重点是，青杏在喝可乐。性格非常洋鬼子的青杏大口大口喝着可乐，然后豪放地打了个嗝。

打嗝是一件超级舒畅的事，但会吓到一起聚会的其他男孩子。她沾染了洋妞做派，而且是不讨人喜欢的那些。

那些男孩子跟那些乖巧的小心翼翼维持形象的女孩们搭讪，扯淡。青杏一个人继续喝着可乐，越喝越不高兴。不知道为什么，青杏总觉得喝完了可乐，牙齿有一种奇异的感觉，牙齿就像瓷器加木头做的，上下嗑一嗑，嘎嘣又干脆。

还剩下最后一个独自吃着菜的男生。这个男生低着头，一副没有热情挫败自弃的架势。所以青杏走过去用胳膊撞了他一下问，

“你是做什么的？你不想参加聚会干吗来呢？”

男孩闷了三秒钟说：“我不是做什么的，朋友拉我来的。”

“什么叫不是做什么的？”

“我是个无业游民。”男孩回答。

“哦，无业游民怎么不去找工作？”

“再说吧！”男孩仍然没抬头，一股子懒蛋闲散，谁也管不着的气息，“对了，可乐不健康，会烂牙齿。”

“拜托，这么大的男人，有点精神好吧，不然干吗出来玩？”青杏认认真真劝告他，丢开了可乐。

然后男孩就跟她说：“是吗？那我打起精神了，你就当我女朋友吧！”

◇ 3 ◇

后来青杏跟这个突如其来就示爱的告白男交往了。

后来青杏也知道了告白男的名字叫曹志。

再后来，青杏跟曹志住到一起了，很快，她基本上搞清楚了，这个男人的别扭拧巴。当时的曹志失恋了，他一声不吭地离职，连最后一份薪水也没拿。

真有性格啊。

这样的男孩谁敢爱？青杏敢。

“你要待在家里吗？”“好。”

“你要吃什么？盒饭还是快餐？”青杏在电话里大大咧咧地问曹志。然后曹志被她逗笑了，盒饭跟快餐有什么区别？现在的快餐难道不用一次性盒子装吗？

是啊！有什么区别呢！没有就没有呗！青杏吃什么，曹志就吃什么。

青杏的收入不高不低，两个人吃饭住房没问题，青杏本来就住在家里多出来的一套老房子里。从头到尾从上到下看起来，就像是一个吃软饭的遇到了一个愿意做软饭的。

如果有人这样提醒青杏，青杏会笑嘻嘻地说：“是吗？真的吗？你说是那就是的吧，养男人没关系啊！”

世界上的人有千百种活法，又不是人人要活的一样，反正她对生活非常满意。

当青杏每天去上班，去开会，去面谈客户，去领薪水，曹志就开始在家里打扫清洁，开始整理衣服，开始种菜。真的是种菜，香料和蔬菜们纷纷闪亮登场，超市和菜贩都没有自己种的这么新鲜。他一边种，一边等青杏回家了，勾肩搭背看《舌尖上的中国》第一部和第二部。

别人看着美食纪录片是受煎熬，曹志刚刚相反，他淘宝各地的材料，直接就在家里，跟青杏一起漫游中国，共谱美食地图。

日子慢慢过下去，青杏有天在吃饭的时候，曹志忽然跟她说：“喂，我跟你讲一个笑话吧。”

曹志的笑话是这样的——

中学时，我因为打架被学校开除，同班一位女生追到我家，对我说：“你走了，我怎么办？”

我妈当时急了，问我：“你们俩有什么关系？”我也很纳闷，说：“没什么关系呀？！”

就见那女生说：“你走了，我不就成倒数第一了么！”

讲完青杏就笑了，哈哈大笑，嘴巴里的米饭喷出来，喷了曹志一头一脸，曹志也大笑起来。

◇ 4 ◇

再见到前女友是在一个天气挺好的日子。曹志跟售货员说说笑笑，然后坐回座位打开文件夹做工作。他是自己重新去找的事情做的。因为在家待着有些无聊，时间那么多，青杏也要忙她的事情。

他找了一份兼职，他赚了一些钱，他给青杏买了礼物，也给自己换了一身衣服。换装后，他整个人看起来，很有些不一样。前女友犹豫了一下才认出了曹志，她喊了一下他的名字："曹志，是你呀！"

"是啊！"曹志笑着打招呼，眼神很温柔地看着前女朋友，"最近好吗？要喝杯咖啡么，我请你吧！"

曹志说了很多很多话，但说话的速度很适宜所以一点也不让人厌烦。直到，直到前女友说："你现在变得可爱好多。"

这样的赞美，曹志笑一笑点点头。前女友说现在一定有女朋友吧！

"不，不！"，曹志回答，"没有。"

前女友终于开口说："那晚上回我那里一起吃饭好不好？"

"不，不，不好。"

"因为，没有女朋友，但有未婚妻。"

实在是遗憾得不能再遗憾了。

并且，曹志和青杏明天就去拿证，明天青杏就会请假跟他一起去。在告别前女友之后，曹志去参加了一个同学会活动。换成以前的性格，他是很不喜欢那种人多人又复杂的场合的。

在会上曹志听到了一个有趣的故事，关于一对留学生男女。女方主动问："男孩，你留学那时住哪儿？"

"百老汇。"

"我也是！"

"哪条街？"

"87街。"

"我也是！"

"我住512号，你呢？"

"我也是！"

旁边人都笑到崩溃了！但貌似两人当时没见着，一个老同学说："他那时候看到美女都不敢抬头，溜着墙边走。"全场人都在笑。

曹志也笑了。

那么看见美女头都不敢抬的人，如今是怎么变成一问一答攀扯上的呢！曹志决定回去一定要讲给青杏听。青杏也是留学生呢！

等到曹志回家，目睹的是一片狼藉的房间跟无奈耸肩的青杏，还有前女友。但是，前女友在帮着青杏一起收拾。到底怎么回事呢？

◇ 5 ◇

曹志没有多问什么，他只是赶紧加入了收拾整理的团队。三个人动手，房间很快恢复了大半，他们一起清扫碎玻璃和摆放好歪斜的一些物品。

最后，曹志紧紧地站在青杏身边，扶着青杏的胳膊呵护备至。而前女友，深深地凝望他们一眼，跟他们说再见，说“祝你们幸福”，然后离开了。

只剩青杏跟曹志的时候，青杏忽然扑哧笑了。

“笑什么？”

“我在笑，你现在成了抢手货。”

“是吗？是她回来闹事吗？你做了些什么呢？”曹志多多少少有点紧张了。

青杏靠在躺椅上说：“我只是感谢她，感谢她教会一个男孩变得主动，如果不是她的放弃，你也不会振作，想要尝试换一种人生。”

这样的青杏，也一定走过了可恶可恨又一团糟的时光后，才变成最好的青杏的。

曹志忽然心有灵犀，对青杏的认识更上一层楼。有智商的人，在世上多遭遇一些事情，迟早也会有很高的情商。

他招呼青杏，一起开工做饭，夜里城市的灯光不断闪烁。曹志的故事还没有讲完，关于遇到美女怎么办。勇敢点，美女才会注意到你，才有希望在一起不是？

孤单单的人儿，都得走过一段难熬的日子。直到找到愿意在一起的人，然后孤独变质，生命不再追问意义，食物不再计较味道，两个人高高兴兴地做东西吃就很快活。

这是属于我们自己的最好时光。

告别矫揉造作的纠结，
告别自恋自怜的拧巴，
生命不再追问意义，
食物不再计较味道，
两个人高高兴兴地做东西吃就很快活。

人生是美梦与热望

只是大学的学生会，有必要像外面的社会那样吗？

“松裼，我昨天在别的学校看见陈桑少爷了。”

“松裼，你看紧点你男朋友。”

“松裼，你玩不起的。听说他家真的条件很好，女友不停换。你算是最长的一个。”

◇ 1 ◇

你还记得自己的童年是什么样的吗？也许你只记得一小部分了。松褐全部都记得。

童年的松褐脖子上挂着一枚闪闪发亮的大钥匙，跟着她上学放学，扑腾跳跃。年纪轻轻就学会了炒花饭，大人们去上班，回来晚了，小孩子当然只有自己填饱肚子。寂寞的时候，松褐开始玩天牛。

世界上怎么会有天牛这么难看的昆虫？从头到脚就大写着两个字，恶心。老式小区里的园林花坛紧挨着阳台，杂草丛生，昆虫和花木繁盛。松褐看电视选秀节目里那些抱着乐器表演的年轻人。

她谈不上喜欢音乐，但她这样乖巧听话的高中生，向往另外那个热情沸腾的世界。不过比起找不到梦想，更加可怕的是寂寞。

举头看见五百万颗星的夏天夜晚，松褐逮住了一只光肩星天牛。她操起手电筒，用锋刃雪亮的张小泉剪刀，咔嚓咔嚓两下，这家伙就失去了触角。

可怜的光肩星天牛顿时惊慌失措，茫然四顾，不知道何去何从了。松褐哈哈大笑，像一头被点了笑穴的孔雀。

等到天牛也被玩腻了，还有栗山。这男孩一丝不苟地坐在窗下，写着永远也写不完的作业。

如果你也有一个不爱写作业动不动逃课的小伙伴，而这个小伙伴把所有的作业都转嫁给你了，你怎么办？惨不惨？

栗山的表情很淡定，觉得自己所做的，是天经地义的事。做完功课之后，他统统签上松褐的名字。

午后溜达出教室，路上拉了个小手，栗山已经很满足。

有栗山，松褐觉得寂寞像只猫，她打败了它。见一次打一次，叫它不敢来侵犯，松褐凭借栗山，捍卫了心灵。

◇ 2 ◇

松褐与栗山他们家毗邻本区的一个夜市，历史悠久，各种吃的应有尽有，在大排档的烟雾缭绕中，人们就着毛豆和金龙泉啤酒大嚼小龙虾。松褐家的剪刀称手好用，被一个女孩借去剪龙虾了。

买了一堆做手工的剪刀针线和珠子，松褐准备自得其乐，以及给栗山做一串手链，用淡淡碧绿色的天河石。采购完毕已经是黄昏，她在那个女孩工作的摊子上，吃了一碗兰州拉面。兰州拉面到了晚上就变成时令夜宵。

松褐做完了手链，就失去再接再厉的耐心。她大大咧咧地把几十块的高级剪刀借给了那女孩。

隔了几天，那女孩打包了半盒麻辣小龙虾给松褐，顺便还她的剪刀。好剪刀就是好剪刀，洗过以后，闪闪雪亮一如崭新，毫无污迹。松褐看着满袖子油污的同龄人，问道："你也不喜欢上学吧？直接就上班了啊？"

女孩只笑，不回答。松褐管她叫琥珀，因为这女孩的眼睛像琥珀，带着光彩。她没问她的真名，因为她不肯说。

"你一个星期多少钱啊？"

琥珀的眼睛熠熠生辉，反正没考上大学啊。"我一个星期四百块，生意好还有奖金，我男朋友就快大学毕业了，我快不干啦。"

哦，松褐总算搞清楚了，差不多年纪，但别人心里是有梦想的。

后来，虾子退市，暑假结束，趁爸妈不在家，松褟带着痛哭流涕的琥珀，回家洗了个澡，把自己的衣服找了一套出来，给女孩换上。

一只云斑白条天牛漫不经心路过松褟家的窗台，从那女孩的袖子上爬过去，她却完全没发现。

松褟从冰箱里拿来冰冻的红豆沙，回来时，发现琥珀看着对面的窗户发呆，她突然跳起来，来不及道别，仓皇而逃夺门而出。

哦，对面的栗山埋头运笔如飞，认真用功，正对着琥珀的视线范围。

那是一朝被蛇咬的阴影。

松褟闷闷地自己喝完了红豆沙，又难过又庆幸。勤奋念书的男生，也可能不是好东西。哪怕他曾经发誓大学毕业了就和打工养他的女孩结婚。那男生甩了剔龙虾的女孩，闪电般跑去广东，找了一个家里开着小公司的女孩。泡沫幻灭之际，女孩心碎之时。

琥珀的家人打听到逃家的女儿的下落，来带她回家。但琥珀已经再次逃掉了。松褟不知道为什么，也不知道琥珀会去哪里。琥珀家给她安排了好对象，男方还在小镇给琥珀安排了一份过得去的工作。可是琥珀不乐意，她不喜欢那个全无感觉的定亲对象。

是的，别觉得这是二十一世纪，就一切先进文明得很。中国之大，有的地方时髦永远存在，有的地方落后始终潜伏人心，千年难改。最重要的是，你要得到选择的自由，就必须颠沛流离去冒险。

不过，她总算知道了琥珀的真名。爱情不止松褟遇到的这一种，年少单纯，人性来不及显露最憎恨的一面。

触目惊心的松褟打了个寒噤，好在她只是个旁观者。

栗山伸个懒腰，放起老歌跟着哼唱：人生是，美梦与热望……

他的热望全部聚焦在松褟身上，对于悄悄改变的一切，全无察觉。

◇ 3 ◇

松褟收回了全部的依赖。

一个女孩，不一定要把一个男生当成全部的世界。

她开始振作用功，去了一个好大学，急转直下的变故把栗山给搞懵了。不是说好了，功课一般的松褐尽力读个二本三本，只要和栗山都在南方的一个城市就行吗？

松褐报了吉他社，跟着一大群同学，嘻嘻哈哈找个露天角落切磋起来。

嘈杂的音乐惹得路人侧目，松褐的云斑裙子上，沾了冰淇淋。她不以为然，开心地弹唱。这是她的生日，她拿了一笔大学社团比赛的奖金。一切都是自己努力所得，为什么不青春作乐？

落日在风中飘摇，吹着笛子的男孩，一步一步走到松褐旁边。

这一刻伟大得如同开辟鸿蒙。

“你弹得真好，我们去看电影吧。我叫陈桑，法律系的。你呢？”男孩发出邀请。

“好。”

“桑少爷，马到成功。”有几个男生挤眉弄眼起哄。

松褐从来没见过这么多才多艺的男生，琴棋书画、游泳、电游都会玩。同学叫他少爷，真没叫错。

有一天，桑少爷穿了一件黑色的大风衣。

松褐翻过牌子，赫然是阿玛尼。什么样的学生，穿得起这样的牌子？走起路来信心满满，气质盖过众多男同学。

桑少爷大笑，“松褐你别想多了，这件是我爸的，我尽穿他不要的。”

松褐相信他。

桑少爷常常请客，一大群男孩跟着他吃吃喝喝，唯他马首是瞻。他们在学校附近租了一个漂亮的小公寓。松褐有奖学金和零用钱，不花陈桑的钱。

第一次认认真真恋爱，松褐希望彼此平等交往。

大一的末尾，消息传开，下学期桑少爷会当学生会主席。松褐总在等着桑少爷回来。

只是大学的学生会，有必要像外面的社会那样吗？

“松褐，我昨天在别的学校看见陈桑少爷了。”

“松褐，你看紧点你男朋友。”

“松褐，你玩不起的。听说他家真的条件很好，女友不停换。你算是最长的一个。”

“松褐……”

松褐心情很坏，一个人在九楼的小公寓里眺望。星光隐退，一片灰霾。这个大城市不是她的家乡，也没有无数天牛爬出来，让她剪掉触角发泄郁闷。

她突然想起栗山了。

从前的自己，说放下就放下，大概是因为，她并不爱栗山。

松褐觉得自己从天上又掉回地下了。患得患失，像个锱铢必较的商人。

她终于翻看和摔烂了陈桑的手机，像个骄傲的孔雀嚷嚷起来。

“老婆老公叫得真有爱，么么哒嘛。不喜欢就吱声，我马上走，不妨碍你们。”

陈桑就说实话交底了。

“我真的要走了。走之前，玩玩。”

“去哪儿？”

“转学，去北京。”

松褐总算搞清楚了。从一开始，陈桑就只会在这个大学待一年。他那当着高官的爹，都安排好了。大官之家，根本不会瞧上小户人家的女孩子。别以为普天之下都平等进步。

她一直以为，陈桑不过是个家里做生意比较有钱的男孩。

松褐悲哀得哭都哭不出来，摔门而出。

◇ 4 ◇

桑少爷消失了。法律系的系主任点名时发现空缺了学生，台下解释，转学啦。系主任大吃一惊，什么，大学还能转学，他居然都不知道。

松褐也没想到，自己真的遇上了一个少爷。她厌憎这种人。

隔了个把月。

松褐接到了桑少爷的电话，她只听不说。

“松褐，我还是喜欢你的。但我有自己的路。以后你找我，我一定尽我所能帮你的。”

是有这样的男孩，不要了又惦记，觉得不知道自己的身份家境，还爱上他的女孩，是好女孩和真爱。

“松褐，你说话呀！”

桑少爷终于无话可说，松褐挂断了电话。哀莫大于心死。

后来，曾经和桑少爷玩得好的几个同宿舍男生，收到了他的结婚请帖。

没来由的，没人敢追松褐了。

除了栗山。

◇ 5 ◇

我们历尽苦难觉得无限漫长，但之后长大却只需要一瞬间。

松褐仍然寂寞，就像是童年时代那样。

她搬回了宿舍。

再见到栗山，松褐非常吃惊。

“没什么，我退学了。又考了一次。反正没有我考不上的大学。我就是要和你在一起。”栗山恶狠狠地说。

换了别的女孩，说不定感动得泪流满面。但松褐的直觉判断，像小时候遇到了自己的天牛，触角灵敏摇晃，这种爱情，危机四伏。松褐只想跳起来，逃之夭夭，完全不给栗山赶上的机会。

逃跑有用吗？低头思索的片刻，松褐坐了下来，说：“如果我现在答应你，还能愉快地在一起吗？”

“我不明白。”

“为了我，你牺牲那么大，到底是爱更多，还是恨更多呢？”

“我不管，我就是要和你在一起。”

“好吧。那现在开始，我就是你女朋友了。过来，吻我。”松褐乌黑的眼珠，有光，也有泪。

栗山愣了。

他走上前，半闭着眼睛吻下去，松褐平静得很，就像自己的嘴巴不过是碰了一下豆腐。栗山突然觉得索然无味。

故人已变，这是个陌生的女孩了。

◇ 6 ◇

年少时的爱情，是四面八方来的风，吹动我们的心。没什么主见的我们，读一本书，听一首歌，看一段故事，不知不觉就被影响了。我们对爱情的定义和认知，提前被设定了。

然后遇到一个人，为之命运颠倒，悲伤欢笑，世界观崩溃，需要重新修复聚集自己的灵魂。

尘归尘，土归土。穿过迷途，便是路。

松褐收到一张明信片，没有落款，只画了一个笑脸。也许这是来自那个逃跑女孩琥珀的祝福吧。松褐不打算把琥珀的真名告诉别人，因为琥珀大概醒悟了，像这个世界上那些忽然开窍，懂得为自己活着的人。我们不能依靠他人。

◇ 7 ◇

其实自己和栗山，是一种人吧！松褐心想。被伤害了，就耿耿于怀。可是，又有什么放不下的？昔日的栗山，变成今日的栗山，然后对她失去了兴趣。

松褐在学校外面兼职做吉他老师，教小朋友的时候，忽然看电视，看到了一个跟桑少爷长得很像的男人。

对了，那是桑少爷的爹。陈桑的爹出事了，被带走了。松褐完全没有那种奇怪的高尚想法：我只爱你的人，你家落难了，我就要出现在你身边。

松褐还是给桑少发了一条消息，说了一句“保重”，在她彻底换掉号码之前。

◇ 8 ◇

松褐休学了，但不是为了陈桑，也不是因为栗山。她决定去做自己喜欢的事情，加盟好友的音乐教室。

松褐有个业余研究昆虫的父亲，一辈子在小城市待着，没什么成就也没什么遗憾，光肩星天牛、松褐天牛、锈色粒肩天牛、栗山天牛、云斑白条天牛、黄星桑天牛……品种繁多。做父亲的，顺手就给心爱的女儿取了名字。

幼年的松褐极其嫌恶父亲这种偏离主流的审美趣味，而今不了。

它们一样从粒状的童年开始长大，进入险恶的世间，东奔西跑。没了残酷的人类剪去它们的触角，它们想必在屋顶或树梢，阳台或瓦盆，嗅着天地万物的气息，辨析自己的心，觅食谋生，也猎取属于自己的爱。直到她的触角，找到另一个和自己气味相投的人。

人生是美梦与热烈的希望，不管是恋爱还是工作，成王败寇。很多人失败了，就一股脑推卸给童年阴影。但你要打败你的童年，才成为最好的自己，谁也不例外。

列车穿过山间隧道，穿过湿地湖泊，穿过城市乡村，抵达目的地时，松褐在心里说，北京，你好。

遇到一个人，为之命运颠倒，
悲伤欢笑，世界观崩溃，
需要重新修复聚集自己的灵魂。
尘归尘，土归土。
穿过迷途便是路。

初恋崩坏以后

小龄坐回椅子，四肢瘫软像个泥巴捏出的人，泄气散架了。

她特别想哭可是又哭不出来。

难道她一点也没明白吗？不。

她多多少少也明白一些自己。

◇ 1 ◇

小龄值守在这个片区商业区的鲜榨果汁店。生意不错，店很小，所以她是最主力的员工。她的日常打扮简单到不能再简单了，头发绑一根布带，很瘦，像只饿了几年的斑马，越瘦越清秀。

她每天都一脸假笑冲着光顾鲜榨吧的顾客询问，您要什么果汁？

这笑，笑得像漂亮的塑料花，像TVB的电视剧花絮，像川剧变脸，转个身僵硬冰冷，再转个身脸若春光灿烂。特别虚伪特别假，但假得让人轻松。要是买点喝的买卖双方都真诚微笑你来我往，卖东西的人和顾客，该有多累。

一看就知道这种女孩子的心，原本柔软细嫩，后来变成核桃一般。要得到就要先敲碎，但手劲力道差点就敲不开，力道过了头，就连核带壳全部敲烂。

她看起来年纪特别小，大家不叫她全名李昌龄，总叫她小龄。

孙俊在人群里，锁定了小龄，他想方设法得知她的名字。

对小龄有兴趣并且展开行动的孙俊24岁，如今这年头24岁的男生很有一些跟女生交往的经验。

他当然知道有时候追一个女生要慢慢来，也知道分辨一个女孩值不值得去追。所谓值不值得，也就是心头有没有一股莫大的冲动——嗯，就是那种我就是要搞定你的冲动。

孙俊买好了电影票再去搭讪。孙俊不信他揭不开假面具，看不到一张发自内心的真正笑容的脸。小龄让他产生一种搞定她的强烈冲动。

◇ 2 ◇

准确地说，21岁对于大多数女孩，就是水蜜桃时期。但21岁的小龄是一枚深藏腐败的水蜜桃。

她心中有一个恶念。强烈，固执。

这个恶念支撑着她在这家果汁店干了半年。

她每天要将大量的水果粉身碎骨。每次都会想起两句莫名其妙混搭在一起的古诗。

粉身碎骨浑不怕，只羡鸳鸯不羡仙。

嗯，梨子粉身碎骨，柚子粉身碎骨，加蜂蜜。苹果剥皮去核，粉身碎骨，不加蜂蜜，葡萄粉身碎骨，加牛奶。水蜜桃粉身碎骨，加冰沙。顾客想得到的搭配，小龄都照办。

有时候没人注意到她的工作，小龄干脆整个苹果切块丢进搅拌机，有渣，苦涩，多放点糖，其实喝不出异样。她做给自己喝，只为了补充活着的能量和营养。她对自己还没有对待顾客那么好，可以喝到纯粹果肉的汁水。

看着水果们粉身碎骨是她最大的快乐，仿佛那个恶念也被间接实现了。

21岁之前小龄的人生有于之涣，于之涣是她的电，她的光，她唯一的神话。

然后电光黯淡漆黑，神话腐朽溃烂。恶念占据心田，荒芜横亘世间。

其实，“粉身碎骨浑不怕”的下一句是“要留清白在人间”，清清白白生存在人间，是多么不容易的一件事。

这世界上的人，难免复杂。

◇ 3 ◇

小龄曾经只羡鸳鸯不羡仙。

年轻的小龄在一家印务公司当小职员。早在念书的时候她就在这家小公司兼职，等到她正式成为小职员，她已经做了两年成了一名合格的熟手。

她熟到捏着广告传单的客户在旁边来不及说要修改什么，她就娴熟地先一步完成了操作。

小龄工作的时候比较沉默，天底下的老板都喜欢这样的小职员。老板给她加了一点点薪水。

不过只有小龄自己知道，她的沉默是因为羞怯。

她不敢跟陌生环境的陌生人多说话。她在普通的家庭长大，她听从老师的教导，她遵守校纪校规，她不早恋，她好好学习，只是天分有限，读了个专科。

她怀着一个年轻女孩对这个世界的美好渴望，一直在等待初恋。等待一道闪电照进她的现实生活。

天气越来越热，她一次次看见大人、小孩、老人还有健壮的年轻人潮湿嗒嗒地经过了印务公司的玻璃墙。

他们从几百米远的水生所出来，那里有个游泳池。她用新加的一点点薪水，办理了一张两个月的游泳卡。

凭借着大学时上游泳课的三脚猫经验，小龄也加入沸腾的玩水人群。她在浅水区翻滚摸爬，直到鼓足勇气滑向深水区，然后她呛水了。

呛水的感受，很难用语言说出来。视线在水里只剩一片流光，大口大口喝进并不干净的水。

她听见一声锐利的哨声，人被拉到了浅水区。从水里浮出那一刻，看任何人都像是来世间拯救众生的天神。

小龄牢牢记住了那双膀子，鼓鼓的肌肉，以及胸口前的一枚美丽的银色旧口哨。看守在旁边无聊了很久的救生员于之涣，终于有事可做有人可救。

他抱着小龄，抱了很有一点时间，才放开。小龄紧紧地抓住了他的胳膊，抓到他手臂发痛，在这沉痛中他对着她笑了。

隔一天后，小龄得到了一个优秀的游泳教练，免费的。

那双宽大的手掌无数次托着她的后脑勺，教她蹬腿，以及四肢协调动作。教她换气，教她姿势，教她憋气潜水，还教她永远不要去到真正的江河湖海，在游泳池里玩玩就可以了。

他说你这天分，就适合在不超过两米的水池子里泡泡。

比小龄大几岁的于之涣待人热情，热爱生活，头脑也灵活。他是水生所的职员，喜欢游泳，水平高，业余兼职了游泳池的工作，很可以赚到一点兼职费。

有什么样的恋人就有什么样的爱情。小龄坐在电脑前打开软件，帮客户做任何文件，窗口跳回桌面的碧波荡漾的壁纸，身体都好像躺在温柔的水面上，仰头望见露天的天空，蔚蓝的蔚蓝，雪白的雪白。

她出了三个小错被扣了三百块钱工资。不过她毫不在意，很快她就要搬进一套不大但足够生活的房子跟着最心爱的男孩生活。

从一个清清白白的小姑娘，等到了动心动情的男生，小龄把自己完完全全交付给对方。这像是走了一条直线的路。两点之间，直线最短。

他们结婚了。

在搬家之前，之涣死了。

最短的距离，变成最长的距离。

◇ 4 ◇

那个下午，刚过25岁的于之涣跟上班的单位请假了，说是有事回家，他到了东湖边那条路。不少人在湖边趁热下水享受清凉。再然后有人喊救命了。

年年有悲剧报道劝止市民，用大招牌提醒不要下水谨防意外，总有人不以为然。

25岁的之涣跳下去救人了。那个人情急之下抓紧了他，还一把推了他，把他推向水底。那个人靠近了岸边而之涣向下沉去。

之涣的确是个玩水的高手，但是奇怪的是，那天他心情复杂午饭都没吃几口，然后他的腿抽筋了，拖累了他。

最后一刻他其实也不敢相信自己会淹死。之涣的悲哀只有几十秒。呼救的人被救上来的时候，他没了意识。

痛哭流涕的之涣父母最后能够得到慰藉的是，他们的儿子是救人而去的。被救的人发誓要把二老当自己的父母……这些细节对于小龄来说都是不愉快的记忆，她持有一种不实际的迷蒙态度。之涣死了么?

死了。

他的手机是小龄唯一带走的遗物。

如今，带着那手机的小龄，动作娴熟地操作机器，看着搅拌机榨出的果汁滴进塑料杯，封口，递给形形色色的顾客们。

小龄盯着主动找上她求爱的男生，问了他的名字和看了他手里拿的电影票后，跟他说“谢谢，我不爱看”。

小龄说话的时候面无表情语气平淡：“总而言之我根本就不爱看电影。孙俊，你不要再找我了。”

孙俊只好失望而去，改天再接再厉。改天再接再厉了，又失望而归。

他对她一无所知，尤其是对她的过去。他不知道，她看起来年轻，却已经离了婚，死过了丈夫。本来人生在世总有不幸悲哀，但小龄的不幸和悲哀复杂了一点。

◇ 5 ◇

那几天的之涣说他一直在忙房子装修的事情，所以小龄晕着头沉湎在对未来生活的幸福想象里，乖巧老实地由着他在外面跑来跑去，她睡着了他才回家，他出门她也不知道。

那个下午他其实是去见一个叫丽丽的女人。

登录之涣的邮件，她搜索到了丽丽。

丽丽是他什么都没发生的初恋，很快跟着所嫁的老外，到国外过沉闷但安定的日子去了。他们打算在各自都尘埃落定前，再见一面。要见的这一面如果不被意外救人事件打断，他们大概会可耻又快乐地聚在一起，然后若无其事地告别。

丽丽后来怎么想的？小龄也不清楚。她只知道这个女人没有再联系之涣。

小龄心中的怪异，不可名状。

之涣死后，她吃饭必吐，觉得恶心。小半年后，她才恢复吃一点米面，大部分还是喝果汁。反正很多女生食量如鸟类一样活着。

她既然当时没有揭示真相，过后就更加没必要。小龄慈悲地成全了丧子的之涣父母，保留了之涣的完美形象。

◇ 6 ◇

小龄实在太年轻了，遇到这种事情毫无经验，她不知道下一步怎么办。不过他们还没有孩子。因此她赤条条来去一个人了。她办理了登记，注销了结婚证，她离开，换了个地方待着，她需要找一份工作做，薪水养活自己就好。总之留在原处，只会如坐监牢。

晃悠在别的城市，看见了新开的果汁店的招聘广告，她就去应聘了。这份工作与水果们为敌。消灭了成千上万只苹果、香蕉、柠檬、葡萄、木瓜、柚子、桃子之后，小龄觉得她的心似乎得到了最起码的发泄。那种胸口破一个洞的痛苦，也平复了很多。

这个世界上的男人太复杂，他对她那么好，好到她以为全世界他最爱她，他只爱她。可是他又毅然决然地去见初恋。

虽然成长过程单纯，但电视剧里和书里面听过看过背德离心的

无数故事，小龄多少也知道。但当她自己遇到，没能幸免的遇到，她难以接受，难以置信。

她爱他，又恨他。她想再次触摸到活生生的于之涣的脸，也想抽他的脸大哭大骂。

一瞬间她真希望看着之涣清清白白粉身碎骨，以一种纯粹光荣的见义勇为的好人形象死掉。一瞬间，又只希望他好好地活在人间，即使毫不清白，人格复杂。

一个好人也是一个坏人。人真复杂，人的情感，更加复杂。

虽然遇到这么一段扎心的经历，人总不能一直孤单一个人过下去。

问题是21岁的小龄已经没法再随随便便相信另一个人。她对所有的人都只会假笑。即使是面对孙俊这样看着很顺眼，有些动心的男孩。谁知道他的心会不会装着太多复杂?

要她再接受一个新的男朋友?

小龄发现她已经把自己关进了一座无形的监牢。走到哪里，都出不去。谁能拉她出来，拯救她啊！这是个问题。

◇ 7 ◇

孙俊没再找小龄了。他在追求小龄的时候极尽言辞和努力，最后他投降认输了。他说他真的很喜欢小龄希望小龄做他的女朋友。

然而他说的话和最后的行为分裂了。

在小龄犹豫徘徊在相信与不相信的时候，在小龄冷眼相待的时候，他似乎消耗完了他的热情。

预想到了的结果一点惊喜也没有地实现着。她冷眼等待着，观察着。也许世界上有反例，但孙俊显然不是。

孙俊带着一个年轻可爱的女孩逛街经过了，但他不再去看小龄，也绝对不光顾小龄工作的鲜榨果汁店。但是他不光顾，他的女朋友光顾。那个女孩子要了一杯酸酸甜甜的柠檬蜂蜜茶给自己，还要了一杯葡萄牛奶带给孙俊，她说我男朋友最爱葡萄汁。

这是一个可爱又尽职尽责做人女友的女孩，记挂着男友和男友的口味。

仿佛被这话的浓情蜜意刺痛了一般，小龄很不舒服，很不舒服。就在她很不舒服的时候，恶念顺理成章地诞生，汹涌而来，一发不可收拾。

收了果汁的钱，她盯着孙俊的女朋友说，“你还敢跟孙俊交往？”

孙俊的女朋友惊讶了，质问小龄，“你们什么关系？”

小龄微笑着，微笑着跟同样年轻的女孩子说，“他是个花心大萝卜，脚踩两只船，劈腿，怎么也不肯娶我。你自己小心吧！还有，你最好别去逼问他，他绝对不会承认的。你也别当众闹翻，他会爆发的，说不定会打你。我一直在这里等他，就是要等他回心转意。这条路他总要经过的，他就在前面四四方方的银行大楼里上班。”

女孩狠狠地瞪着小龄，然后脸色晦暗地走开了。

这报复很变态，但又特别快乐。

等到孙俊单独一个人来找小龄的时候，几乎是一言不发，他用奇怪的眼神凝视着镇定自若的小龄。

凝视了许久之后，小店也该关门打烊了。

他坐在小小的高脚旋转椅上，发问，“你到底想怎么样？你不愿意接受我，干吗又来破坏我？”

小龄抬起头，“你不能坚持追我，干吗要追？”

孙俊先是恍然大悟的样子，然后露出微笑，叹气说道，“那现在你得逞了，我跟阿曼分手了，而且全公司都在传言我搞大了路口第三条街道的卖果汁的谁的肚子，又甩了人，逼着女生去流产。你搞臭了我的名声，我很难再找到女朋友了。你得补偿我，要不你还是做我的女朋友吧。”

小龄想不到阿曼还添油加醋了。女人真的是天生的编故事高手。

她深深地看了孙俊一眼，像他一样微笑了。她此刻只觉得，她那么变态的报复，原来等于婉转告白。对这个男人来说，毫无损伤。男人们总是不大容易受伤。

“你的那个女朋友阿曼呢？”

“我们才开始，你把她吓跑了。她肯定不会再理我了。”孙俊紧紧地盯着小龄回答。

“你交过多少个女朋友？”

“五六个吧！”

“为什么分了？是你变心吧！”小龄控制不住自己跟这个男孩说话，一直问下去。刨根问底地问下去。“要是你们结婚了呢，你也说变就变吧？还是偷偷摸摸搞小三，还是遇到了初恋什么的，就像蚂蚁闻到甜的，死命凑过去？”

在小龄说着的时候，蚂蚁的确企图攻占水果们。她使用一把毛刷刷过去，蚂蚁们纷纷跌落尘埃。

“哦，有的是我变心，有的是对方变心。”孙俊很坦诚地交代。

“不能走到最后的，都是爱得不够。”24岁的孙俊有限的人生恋爱经验，也足够他得出这个结论。

小龄想了一想，前尘往事一股脑都想起来了，她终于激动起来，语气变得恶狠狠地说道，“谁知道爱得够不够呢？”

等闲变却故人心，却道故人心易变。

这世界上，要一心一意爱一个人跟一个人在一起，可真是太难了。

“你走吧，有多远走多远。我不可能当你的女朋友。”

“好吧！那我走了。”孙俊也生气了，站起身，往门口走去。

走到门口，他又转过身，说：“其实你这个人，一看就知道是被人伤害了，耿耿于怀。虽然我不知道那个人到底是个什么人。你这样，痛苦的是自己。”

小龄抓起一枚桃子，砸过去，孙俊摸着脑门一声不吭出去了。

小龄坐回椅子，四肢瘫软像个泥巴捏出的人，泄气散架了。她特别想哭可是又哭不出来。

难道她一点也没明白吗？不。

她多多少少也明白一些自己。

如果不丢开之涣，丢开跟于之涣在一起的日子，在一起的那些个记忆，以及那些再也不能找当事人来发泄的恨，那件事的阴影，就一直不会散。

小龄很确定了这一点。

她希望孙俊来拯救她，赐予她信任，重建她对世人的信心。但是，他却令她雪上加霜。

◇ 8 ◇

孙俊做了最后的努力。

清晨小龄打开店门，发现地上的一个白信封。里面是一张电影票，最近又出了新电影，周星驰的《美人鱼》。

想必在孙俊手里，握着邻座的另外一张票。如果她不去，他就独自看这部电影，然后他们再也不会有什么联系了。

不同的人有不同的泡妞方式。于之涣是教她游泳，孙俊是请她看电影。如果忘却了亡夫之后，会有另外一个人能拯救她吗？这个人真的是孙俊吗？

聪明的男人把订票的时间延后了，是三天后的放映场次。所以，他给了她足够的思考时间来考虑。

小龄要辞职了，跟老板打报告了，今天干完后，黄昏时间老板会出现，给她算清楚薪水，然后说再见。

第二天，小龄回去了。高铁几个小时就回到那个城市。

原先上班的印务公司还在原地，站在马路对面，她遥遥看见玻璃橱窗后，坐着其他女孩在聚精会神埋头工作。沿着马路，走到了水生所。令她吃惊的是，在游泳池门旁贴了告示，这里即将拆掉，改建其他建筑项目。

没关系。

关门了，可以买通打开。小龄给了守卫的工作人员一张一百元。他放她进去了，询问她："会游吗？要注意安全，就在浅水区活动。"

小龄点头说："我会带着游泳圈的，我泳帽泳衣买一套全新的，你这里有吧？"

"有。"

水池因为乏人光顾，干净清亮得如梦如幻。她已经很久没有在水中舒展开全身。

她把游泳圈丢在旁边，长长地吸一口气，憋足在腹部，并不急着吐故纳新。凭借这一口气，她漂浮在水面上，仰面而泳。

这种姿势最省力，但也最让初学者恐惧。如果要换气，就要在行进中快速地换。她不断地伸展手臂，向后划去。

就是在这里开始的，开始认识之涣，又失去之涣。

他救了她，最后又推她陷入怨恨的地狱。

她不自禁地吐出空气，向下沉去，水忽然盖过嘴巴，她张开口大口吞下水，双手胡乱地抓空。

之涣，之涣救我。意识条件反射，小龄在心头疯狂呼喊。仿佛穿越漫长的时空隧道，但其实只是半分多钟。管理员听到动静，才起身惊慌地准备来看看情况。

一番剧烈挣扎，小龄猛然翻身，拼命撑起身体，自己站起身来。弯腰俯身趴在游泳池的边沿上，没人来救她，她自己救了自己。

管理员跑过来了，她冲着管理员笑一笑，喘息说："没事。"

穿上衣服，走出游泳池，小龄忽然醒悟，当初，在浅水区，其实她站起身就得救了，就算之涣不救她，克服心头的恐惧，也没问题了。

小龄冒出一个奇怪的想法，关于人生中拯救与被拯救这件事。

比如她和之涣。

与其说是之涣救了她，不如说是她救了之涣。他遇到了一个崇拜他，全身心爱他的小龄。她是个一旦恋爱，就准备陪伴恋人一生一世的女孩。

没有她，他就得跌跌撞撞去找其他女生，未必值得结婚、愿意结婚。

失去了初恋得到小龄，是他的幸运。他不知珍惜，是他的事，他的损失。又或者，人就是这么的身心分裂，之涣见过了那个丽丽，回家还是要跟自己过下去，说不定就过了几十年，白头偕老。

在这复杂的世界上，应该如何去爱一个人？

于之涣忘不掉他没得到的初恋，就像小龄忘不了于之涣，他也是小龄的初恋，刻骨铭心。

她躺在游泳池边，消耗热量后，通体清凉。

四周静寂无比，这个游泳池很快就不复存在了。消失之后，作为一段记忆存放在光顾过的人的脑袋里。

小龄突然不恨之涣了。

她深爱过他，也深深地恨着他，他死了，永永远远地死了。恨意慢慢退散下去的时候，她发现自己的记忆，与之涣相处的细节仍然纤毫毕现。

她决定记住之涣对她好的一部分，原谅他，就这样记着。与此同时，她发现自己很想，很想跟孙俊去看电影，宛如婴儿初生时对爱的渴求。

◇ 9 ◇

她急切地要告诉孙俊，她愿意做他的女友，可她甚至连他的手机号码都没要。计程车堵车，停滞在河西区。

在电影院检票口旁边等了很久的孙俊叹了口气，走向还在排队买票的某个人说：“我有事不看了，票送给你。”

他走出电影院，外面阳光耀眼，他不知道重新再去爱一个女孩需要几天、几个月还是更久的时间。总之，他追求她，邀请她，他还故意带着别的女孩刺激她，但还是没能敲开她坚硬的壳，多么遗憾。

人成长就是一个不断失望又不断接受复杂阴暗的过程，在复杂的世界上学习爱人和被爱。

孙俊也有被女孩欺骗过的经验，接下来还不是重新找个人再来爱？混蛋的世界上，什么都存在。

他看见了小龄后，注意了很久，喜欢上了她，一心一意的，直至去爱下一个女孩之前。

他不想留在这个城市了，他拿出手机，订了去苏州的高铁票。

夜幕下，小龄从出租车车窗探出头，车辆如排列长龙般，她盼望它们快点疏散。

她和孙俊走散了。

但她的心却无比镇定。她选择上天入地赴海，总要找到他。

复杂世界上，
如何去爱一个人？
忘记对方的坏，
忘记自己的恨，
过好自己的生活。

如今我们深夜饮酒

他将自己完全隐匿起来。

另外一大半留用买房，旅行，穿越世界。

在澄澈的晴空下，几百棵松树奇奇怪怪生长着，起初贴着地面，几乎平行，然后从根部以上约莫一米高度，骤然弯曲，冲着天空而去。

◇ 1 ◇

年轻时少山没能搞懂的事，长大后就搞懂了。

他一直坐在最后一排，从这个角度，恰好眺望到越溪的头发。年轻的女孩心里在想什么，是少山永远无法洞悉风景的地下溶洞。多数时候，他只能看见越溪心不在焉地笑，微风无目的地吹，好像这个世界上没什么事情足够让她重视。

那种心不在焉，让少山胆怯。

有时候他问自己，到底有什么好胆怯的呢？那么向往，反而生出了忧怖，大概是类似于物种之间的某一种关系。

他穿白色皮鞋和白色裤子，再加上白色衬衫。上嘴唇淡淡的胡须绝不会刮掉，对于一个男孩来说，那有着神圣的宣告意义。他在成熟，他的手会放在裤袋里，笔直得像一棵深冬披雪的松树，青涩又挺拔。他是这样觉得的，只有站得很稳，女孩才能靠得很牢。

直到一阵风吹过来，所有的松针与积雪都开始滑落，沙沙作响。

那个穿西装的卷发男孩走到越溪旁边，像老师一样低下头，露出犀利的牙齿，带着狩猎的表情问女孩："晚上一起去夜宵？"

永远心不在焉的越溪，恍惚了一下，点头，带着茫然的笑意。

他们的头若有似无地碰到了，那男生按了一下越溪的手，坐回前方的位置，脑袋仰起一派得意。

在这件小事发生之时，中学历史老师就快要教到闪电战。闪电战是第二次世界大战时德国最擅长的战术，以坦克飞机为武器，骤然袭击，痛下杀手，迅捷取胜。

就在下午三点的某个三分钟内，坦克联袂飞机，将少山心中的森林，摧毁为焦土。

◇ 2 ◇

后来，少山和那男生打了很多次架。有时候是因为打球，有时候是因为路上擦肩而过，撞到肩膀。男生们打架需要理由吗？需要吗？不需要。青春是由荷尔蒙主掌的。

不需要理由也可以打个鼻青脸肿，何况少山的胸口放了一个气球，一挤便爆。通常，他都是挑越溪不在那个男生身边时挑衅。

打得多了。有一天，越溪笑着走进教室，发作文本。她是语文课代表。这个头发长到恰到好处，表情心不在焉的女孩，逐一发放本子。发到最后，少山抬起头，仰望着女孩突如其来的笑容，被震慑住了。

那笑容温和美好，是雾霭背后的流光，对少年心事里所有的凄凉哀伤，无限洞悉。这女孩对他说："你们别再打架了，这样不好。我知道你喜欢我。答应我，好不好？少山。"

◇ 3 ◇

中学毕业前的元旦，略微下了一些雪。那天虽然下了雪，却不是很冷。走进门窗关闭的教室，少山只比平时多穿了一件毛线背心。他一直沉默，从越溪说出他的名字以后。

那天全班熙熙攘攘拥挤一堂，当然了，明日各奔天涯，有人得到远大的前程，也会有人沉入潦倒困苦。但今宵，一切都还年轻，所以他们唱歌，唱当时最流行的情歌，谁红模仿谁。譬如张学友，譬如张国荣。

少山拉了一曲《梅花三弄》。他最讨厌学习了，尤其讨厌乐器，更加讨厌乐器中的二胡，古旧老土，一点也不时髦，学的是小提琴也好啊。

遗憾的是，他有一个爱慕中国传统文化的风雅父亲。所以，从小父亲硬生生逼他拜师，练琴。他从不表演。但今天，他渴望表演。纵然这种行为，没有意义。越溪在，越溪和那个男孩躲在墙角，碍于同学和老师都在，只是时不时偷偷牵一下手。

他只想为那个女孩而拉，只要她听到过，足矣。他凝聚气息，沉下心神，微微埋首，手指牵住二胡的弓。

乐声仿佛从极其遥远的地方传来，丝丝缕缕尽是忧伤。

热闹归于寂静，所有人专注地倾听，少山沉浸在自己创造出的声音中。情绪攀至顶峰，他的眼泪几乎要夺眶而出时，刹那间，他抬起头。

墙角已不见越溪和她的男友。少山愣了一下，终于笑了，眼泪已在眼睛里蒸发。他继续拉下去，运弦如风，曲高和寡，就像世上只存在他一个人。终了，掌声如雷。他没能哭出来，但打动了围观的其他师生。

当一个男孩的心，领会了某种东西以后，他就变迁了。

寒夜里，他用一张报纸包好二胡带回家，在报纸的副刊，他读到一段文字，一段深深的为之折服的文字，就像玫瑰在时间里唱起挽歌，夕阳的余晖自脸上消失，冰川沉默于海水之中。

◇ 4 ◇

想要穿越世界，但还是行动靠谱，那就先好好赚钱存钱。一个人在时间中改变的，不只是内心。他不再穿白皮鞋和白裤子，不耐脏，上班有公司的制服。下班了，他可以参照男性时尚杂志，穿驼色的鞋，配深蓝色的牛仔裤，按照季节穿不同颜色的格子条纹衬衫。

此外，他还会勤于刮胡子。28岁以后的男生，不收拾好自己，会邋遢到难以出门的地步。有时候闷在家中不肯外出，开一听啤酒，喝一半顺手递给枕在大腿上的女友。叫外卖来吃，或者煮面，或者抱在一起，大汗淋漓地做爱。

当女友说："我们结婚吧！"少山迟疑了一瞬间，他说："我给你买一枚钻戒，我们先订婚。"

这是一个折中的说法，女友并没有生气。

一枚特别便宜的钻戒，需要2588元，其中28分的石头占据了七成价值，白色的贵金属占三成。总价则只占他积蓄的几百分之一。但是，他的女友，不知道这一点。他租的是市面上中低档的公寓，存折上常年只有二十多万。但如果女方家里也出点钱，加起来足够按揭一套小房子的首付。

这一代青年，从小城市到大城市，抛去了幼年的乡土味，抛去了方言口音，抛去了故人的大部分记忆。照片都收在老家衣柜抽屉的最深处。

有时候，就连他自己也不大记得那张照片了。当他还是白衣少年，独坐在最中央，一把椅子，一把二胡。

女友，不，应该是未婚妻，也不会知道，他还会拉二胡。他已经多年不碰乐器，那年的表演，在同窗们的青春回忆里，是惊鸿一瞥。

二胡的气质，和他格格不入。成年后，独立自立了，父亲不再管教他。

你知道二胡为什么特别容易打动人吗？因为它的音色，特别接近人声。如泣如诉，动人心弦。

当他办过了登记手续，和妻子在餐厅吃饭时，心情平静如秋日湖水。诸事具结，人生的大局已定。他的存款，只需要以父母馈赠的名义，就可以解释通透。

妻子去洗手间，而菜肴还没上桌，他拿出平板电脑上网，浏览同学群的聊天内容，翻到半个月前的记录，看到某一条，他愣了一下，恍惚又听见了昔日的琴声。

有人说，她被家暴了，进了医院。文字下面还附加了当地新闻的网址链接。他已经很多年没见过她了，如今严重到，演变成当地的社会新闻。他忍住，没去点开图片。他情愿在脑海里，保留那张心不在焉的甜美笑脸。

中学同学的同学会，他从来不参加。

那是一场盛大的单恋，是发生在上个世纪的爱情。单恋也是爱情的一种，不管有多么盲目，有多么痛苦。

◇ 5 ◇

越溪不喜欢他，喜欢那个数学很好，别无亮点，追遍班上漂亮女生的轻佻男生。

这女孩有一个蹲监狱的爸爸，一个运气很烂的流氓，娶了个漂亮的女人，生了个漂亮的女儿，他抢劫妇女的一条金链子时被逮住，刑期十年。

这样的父亲令女儿在中学填入团申请表时，为之难堪，几乎落泪。那是我们的时代特色，一个学生要积极进步，亲人应该身家清白。

30岁的少山很悲哀地明白，年轻的女孩的那种奇妙的心理，仿佛向父母致敬，重复母亲的宿命，跟不靠谱的男生走到一起，走下去，走到悲惨的境地。

其实，在他和那个男生之间，比得只不过是谁更快，谁捷足先登，谁就尘埃落定。给珍珠一般美丽的女孩，蒙上厚尘。

少山也不是好学生，成绩倒数，一脸骄傲，逃课打架是家常便饭。但他的脸是斯文清秀的，他不缺喜欢他的女孩。可是，当他看到，16岁的越溪，第一次含泪低声地对老师说：“我爸爸，在坐牢，我要不要写上去？”

目睹越溪的眼泪，他的心剧烈地痛起来，仿佛中毒，他确定，自己不只爱上女孩美丽的容颜。他逃不掉，这是他的命运，一往而深。她是他的天敌，虽然大家是同一物种。

当越溪求他答应不要再找她男友的麻烦，不要再打架了，他的梦也碎了。鬼使神差，他不能拒绝她。然后，他有一种强烈的预感，一种强烈的直觉。他为之心痛的女孩的未来，也许会过得不好，甚至活得很惨。因为她美好而脆弱。

可是他无能为力。他不是上帝，他不能拯救自愿走向沙漠陷入困境的旅客。

他的心思转动，思绪纷飞，也不过是片刻工夫。妻子回来，美食陈列面前冒着热气，香味勾动食欲。他按熄电子产品的屏幕，深呼吸一口气，露出笑容。

看着妻子幸福的神情，他端起酒杯说，我们快趁热吃吧，来，先碰个杯。

◇ 6 ◇

在我们年轻时，都有这样的梦。我们爱好一点文学，读读诗，偷看小说，幻想着，和心爱的人穿越世界去旅行。

文学也只是一种象征，也可以换成音乐，舞蹈，等等。

17岁的少山，没有和女孩越溪去往远方，走遍世界各地的梦。这个梦17岁的生日前夕就粉碎了，连同心。元旦的前一天就是他的生日。

这些往事说起来其实也没什么，一个男孩因此成长，他不能带上心爱的女孩，那就只能为自己努力了。大考前半年，他恍如重生。

他尽力读了一所大学，不管是几流的。在大学，他就开始兼职赚钱，积累履历。然后他去了不错的公司，再跳槽到大公司，再晋升到不错的职位。他存了12年。在30岁结婚时，明面之外，他还拥有那暗中累积的一百万。

夜晚，妻子温柔地问他："我们去哪里度蜜月？"

他脱口而出："波兰。"

◇ 7 ◇

波兰是欧洲的第九大国家。

少山带着妻子去了波兰，在西北部的城市格雷菲诺的一个旅馆住下。这个城市的近郊，有世界十大最美的自然景观之一——弯曲森林。

这些树木大多是20世纪30年代种植的，至于为什么变成这样，探索频道Discovery 说至今还是个谜。

20世纪90年代，中国诗人北岛怀着对生活，对老友经历的感慨，写了一篇《波兰来客》。他写道：那时我们有梦，关于文学，关于爱情，关于穿越世界的旅行。如今我们深夜饮酒，杯子碰到一起，都是梦破碎的声音。

所以那几句传诵甚广的话，其实出自随笔，不算诗。

但当你用一种深情而沉痛的腔调背诵出来时，又的的确确是诗。在深夜喝酒的时候，很多人会想起来，开始背诵。可是那天的少山，念完以后，喝得很醉了。他说，放屁。

会粉碎的梦、文学、爱情，那时就已粉碎，化为灰烬，不需要等到如今。不需要等到穿越世界。

他又重复：放屁，放屁，放屁放屁放屁……

然后他就真的放了一个屁。他不再是面容清瘦的少年，他是有了腰部赘肉开始奔四的成年人，吃了肉又喝多了酒，很粗俗也迅雷不及掩耳地排出糟糕的气体。这令他清醒了，酒醉之意统统淡去。

清醒的片刻，理智在算计，冲动在盘点，他犹豫了，自己做得对吗？会后悔吗？对得起自己的妻子吗？

那笔钱可以改变一个女人的余生吗？让她带着孩子逃吧，远远地换个小城市，重新开始生活。他托付中介，代为协助出手。

他将自己完全隐匿起来。

另外一大半留用买房，旅行，穿越世界。

在澄澈的晴空下，几百棵松树奇奇怪怪生长着，起初贴着地面，几乎平行，然后从根部以上约莫一米高度，骤然弯曲，冲着天空而去。

所有的松树都弯向北方，带着一种特别笃定的情结，心平气和，不容回头。

这是上世纪的爱情，收尾在本世纪。从此以后，他将彻底忘掉她。

没得到的暗恋，
所以念念不忘。
换一个方式去爱，
画上句号，
以作完结。

神爱世人，但不爱我

又遇见许诺轻时，他的身边已经有了一个漂亮女生。

“你们学校蛮漂亮的嘛。”他说。

“谢谢你的夸奖，可这和我好像没什么关系。”

“喂，你站住！”他在身后喊我。我没有回头。

◇ 1 ◇

在我们年少的时候，爱是一件天大的事情。

许诺轻转身，站到栏杆之外，一群群的人围过来兴奋如观看马戏盛会。许诺轻看着我问："要是我残废了，你可不能不要我啊!"

我点头。

◇ 2 ◇

他没跳，变成一个孬种和笑谈。我希望他能够跳下去，最好有点儿小残废，这样就不必每天等在学校门口，等着沉默不语的我经过，然后后面跟着几个神经兮兮的看热闹的男生。他带头摸我的头发，眼神邪恶，手掌却有汗水。我闪躲，他拉扯不休。

去死吧，我在心里默念，却不敢惹他。他不止骚扰我一个女生，他沿路骚扰许多女生。但这些女生都跟我一样，并不敢当面坚定地反抗。

有人报告给老师，许诺轻被狠狠地教训了一顿。班主任说："你这是耍流氓，现在是我教训你，以后你就等着到监狱里被别人教训吧。"

等到所有人都放学以后。许诺轻还没有被允许离开那里。我犹豫了一下，经过他面前的时候，多说了一句“早知今日，何必当初”。我说话的语调那么老气横秋，许诺轻笑了。这发生在年底。很快，他就又开始跟着我。

◇ 3 ◇

隔年的秋天，他直直地看着我。

他的眼睛里大概有炸雷，一颗一颗丢过来，炸得人心凌乱。其实他挺帅的，我知道就因为这个原因他才可以骚扰了我那么久，肆无忌惮。

许诺轻呆滞了一下，然后，他忽然大喊：日月在上，天地为证！我就是喜欢你！做我的女朋友好吗？

我被他烦得要疯了，然后我对许诺轻说：“你敢从三楼上跳下去，我就答应做你女朋友。”

他愣住，很多人在看他的反应。

跳楼，还是不跳？他没有跳。

我读的高中，是全市最好的重点。澳门回归那天，我又看见了许诺轻。他被两个中年男人带着。一个很瘦，和他面目相似。一个很胖，是高中的教导主任。

许诺轻的眼睛似乎在搜寻什么。没多久，我听见许诺轻对那两个大叔说：“就这个班吧！”

他的目光跳开众人，降落伞一样直接落到我的身上。我哀叹一声。

关于他的家事，是这样的：他有一个在本校担任教导主任的叔叔。

就算他初中读得再烂再不争气，一样能在重点高中遇到他。我们居然又回到了一间教室。

◇ 4 ◇

我们已经各自长大了两岁，许诺轻在下课后，凑过来，对我伸出右手：“你好啊，好久不见。”

我老气横秋地说：“大家都长大了，我以后想认真念大学，现在得用功，请你不要打扰我。”

“好，我答应你。那你也答应我，做我女朋友好吗？”

“等你也考上大学再说吧!”我极力表现得冷漠，免得日后有麻烦。

“哼，你念什么，我考什么！”

我笑了：“就凭你？”我知道那时我有多么自负。

高二分文理科的考试，成绩发布。我大吃一惊，年级第二名，三个黑色楷体字刺痛我的眼睛。许诺轻远远把排列在年级第39名的我丢远。

高二，顺理成章我选文科。他又出现在和我同一个教室里，坐我前排。我发现他有点儿小小的驼背，高大的男生容易给人造成驼背的印象。

那微偻的少年身形在我的眼前挥之不去。

我有一种沧海桑田之感，说不出是哪儿不对了，我每一天开始渴望见到他，又怕见到他。

我不和他讲话。但只要他坐在那里就很好。

“你以后想念哪所大学？”他问我。

“反正不会和你同一所。”我回答。

“喂，做我女朋友，喂，不是同一所大学也没有关系呀!”他在我身后追着喊，声音慢慢散开，像光年以外。

再后来，我们终于分开。许诺轻考上辉煌的大学，远上北京。我留在本城的一所小院校，我的人生，开始变得寡淡无奇。

◇ 5 ◇

又遇见许诺轻时，他的身边已经有了一个漂亮女生。

“你们学校蛮漂亮的嘛。”他说。

“谢谢你的夸奖，可这和我好像没什么关系。”

“喂，你站住！”他在身后喊我。我没有回头。

“做我的女朋友吧！”男生的声音大了起来，甚至带着一点儿哭腔。

他活生生放下女友追上来，一把抓过我的手：“你听到没有啊！”

“许诺轻，你的诺言真的很轻，轻于鸿毛。你有了女朋友，还想对我做什么？你真让人失望！”

“失望？咦，这说明你曾经希望过！”他笑了，又露出以前那无比顽劣的脸，“她不是我的女朋友，是我哥们儿，我特意让她陪我来找你，来气你。要不是这样，你会说出真心话吗？”

他后来的行为很简单，暑假他从北京跑回来，天天约我。去K歌，去爬山，去烧烤。后来好友都说：你是不是和许诺轻谈恋爱了？

他过生日那天，我去了。KTV的屏幕上正放着古巨基的串烧，这些歌都很老了。早就不流行了。

我随手拿起话筒：“这一段儿送给你。神啊！救救我吧！一把年纪了一个爱人都没有！”我对他眨眨眼。

这时候，我忽然发现了那个女生，也就是他的女哥们儿，她怎么又出现了？她的家不是在北京吗？

“呵呵，我来给许诺轻庆祝生日啊。”她的京片子很好听，可是我还是听出了它好听之外的弦外之音。

“现在来许愿！”大家在给许诺轻点蜡烛。

他认真地闭上眼睛。

“是什么愿？”有人问。

“是一个很简单的愿，并且，有一个人能帮我实现。”他看着我，深情地低声说：“做我的女朋友吧!”

◇ 6 ◇

我和许诺轻的故事，结束于我们大学毕业的前夕。

那个女生大着肚子来找我，“请你成全我。”她跪在了我的面前，“四个月的孩子是不能够打掉的，求你不要杀我的孩子，一切全在于你一句话，求你了，我必须和许诺轻结婚啊！”

我的手心在冒汗，我想我一定面色黯然如幽灵。我点点头。

“我不能再做你的女朋友了。”这是我对许诺轻说的最后一句话。

那边没有回复过来，因为，我随后就将手机扔进了江里，江水滔滔，淹没所有的信号与解释。

◇ 7 ◇

多年后，大雪弥漫中国。我将举行婚礼。我与爱人一起填写宾客的请柬，打开我的手机通信录，那上面早已没有了许诺轻这个名字。但是我收到他寄来的礼物。

是一个小小的椭圆鹅蛋音乐播放器，我插入耳机，里面放的古巨基的《串烧金曲》。这样俗气的歌儿，此刻的我，忽然被歌声带着跨越年代与光阴。

七个章节层次分明：

天大的爱
讲情
日月星辰风雨潮
两个人

浪情歌
神爱世人
完结章

神爱世人那一章，串烧着杨千烨、陈小春等等的成名作。“祈求天地放过一双恋人，怕发生的永远别发生。”

他没有跟我解释，其实那女孩的大肚子是假的，那不过是半个枕头里的棉花，以及半个排球的把戏。参加婚礼的同学口里流传着这个笑话，只有当事人的我，一直被蒙在鼓里。

他们开始把这个笑话的细节复述给我听的时候，我忽然发现，神爱世人，但不爱我。

这家伙他爱着我，但我错过了。

错过并不可笑，
错过是我们青春里
闹哄哄的插曲，
可爱的小遗憾。

伤心岛屿的来信

“好得很。走吧，走了就别再来了。”女生一脸厌恶地说。

“为什么？那你为什么来？你们女生真是奇怪，搞不懂。”

“我家就是这里。你懂什么？”女孩冰冰冷冷地说。

木聪有点意外，难怪她会出现在岛上。

◇ 1 ◇

木聪单身了很多年，所以他决定好好给自己过一个生日。

餐厅给了他最大号的贵宾间，满屋子都是人。在中间环节，切蛋糕、点蜡烛、吹蜡烛许愿，完成生日聚会的俗气环节。

许三个愿之前，一个陌生的女孩子拦住了木聪，生日年年过，你许两个愿望吧，最后一个借给我。木聪觉得她说得很有道理，而且他的愿望也很朴素，两个就够了。木聪大声说："行啊！"

木聪看着烛光默念两遍愿望。然后那个女孩子凑过来说："我希望在厦门遇到一个男孩可以恋爱。"

女孩子笑眯眯地看着木聪说："谢谢你。"木聪在嘈杂的音乐背景声中，问这个女孩子："你要去厦门啊！"

女生回答："那当然，非去不可。那里有好多有意思的咖啡馆，真想也开个小店养只猫，有空就去看看海。"

"哦？"木聪附和一声。

"我想光脚走上一整天，从早上走到黄昏，沙子很温柔。"女生说得格外陶醉。听说去挺让人神往的。四目相对了一下，又各自转移开。

服务生在一旁插嘴："麻烦抬下脚，我好收拾垃圾桶。"

木聪抬起的是皮鞋而那个女孩子抬起的是一双洁白的球鞋，白得像牙膏。

“你是谁的朋友？我怎么不认识你？”木聪还问了两个问题。但这女孩子说，“你别管我是谁，反正大家一起给你过生日，你今天开心不就好了？服务生，再来点啤酒！”

“你什么时候去？”

“下周，想不想一起去？”

“好啊！”

木聪承认，这个女孩子典型的齐肩长头发，视觉上让他的心脏有点微微激动的反应。

散场的时候，木聪一个人打包了剩下的蛋糕。其他人各自回家，来的人多，熟的带生的，认识的人还没不认识的多。不过人多热闹，木聪最后结账，超了一倍的预算。出了餐厅看看手机已经凌晨一点。这店子门口就是公交车站点，木聪等了一会儿才想起来他应该打的，这都什么时候了，太晚了，哪还有公交？

“傻子。”

木聪吓了一跳。

“傻子，没救了。”那人继续在旁边骂。

木聪侧眼看一下，这种气势让他想起了很多很多年前的一篇课文里用的词，睥睨。真是睥睨啊！木聪确定他完全不认识这个头发短，气焰大的女生。既然不认识那跟他自然也没关系。但短头发女生居然继续说下去。

“讨人厌得很，你也去厦门，傻不拉唧。傻子真是都一模一样。”

木聪总算醒悟了，“你骂谁呢？你是谁啊？”

“我骂傻子。”那女生的眼神像毛毛虫，带刺的。

木聪慢吞吞地看了她一眼：“只有傻子才骂人带脏字。”男生有男生的面子问题，跟女生当街对骂这种事他干不出来。最大限度也就这种杀伤力的反讽了。

一辆的士不早不晚赶过来，木聪拦下车，还没开口报地名，那女生干脆抢先拉开车门坐了进去。她回头瞪一眼木聪，冲司机喊，快开车。

无缘无故遇到这种人，木聪算是认倒霉了，他有气没地方发泄，捶了一把站牌。然后他想了一想，想起来这个莫名其妙的女生是什么人了。

◇ 2 ◇

只不过是过了一个生日，就遇到了两个女孩子。又惊又喜又恼又火，这滋味有些复杂。一个留了电话相约去厦门看海，而另外一个就是麻烦他们抬脚的服务生。服务的时候客客气气，回头就给消费者脸色看，这算什么？

有的人就是这点有毛病，可以偷偷吃亏，不能够当面受气。木聪觉得自己就是这种人，所以他第二天中午就返回包厢的餐厅一脸恼火地问柜台：“昨天给我那个房间，301贵宾间服务的服务生叫什么？我要投诉她。”

柜台吓一跳：“是有什么问题？丢了东西还是怎么了？”

“不是。是她的服务态度很恶劣。没见过这么糟糕的，偷听顾客聊天，还骂人。”

“但是昨天在店内您没有反映啊！”柜台一脸无辜的表情。

“因为她是下班了骂的。”

“下班骂的？您认识她啊？下班见面？这是怎么回事呢？”

木聪费力让柜台搞清楚来龙去脉，柜台小姐恍然大悟之后，用遗憾的表情告诉木聪：“太抱歉了，0201号服务员上午打电话辞工了，因为她是兼职的，不好意思不好意思，这是我们的优惠打折卡，送您两张吧！”

辞工了？

木聪忽然觉得，这是个很厉害的角色。估计早就猜到木聪要来问责，干脆闪人，一了百了。

木聪没要优惠卡，闷闷地出了餐厅，肚子里像装了一颗气球。想爆发，但爆发了还是自己憋屈。0201，0201，什么人啊！木聪决定大人不计小人过，干吗跟一个小女孩计较闲气。在兼职那说明还是学生，年纪肯定小，说不定还是个90后，嚣张得没谱。

比这个更重要的事情多了。比如，给长头发的要去厦门看海光脚踩沙滩的女生打电话。

然而，在生日之后的第二天下午，木聪照着便笺纸上的号码，满怀期待地打过去，得到的答复是：您拨打的号码是空号，请核对后再拨。

木聪构思好了许多步骤。

黄昏时候见面，去湖边散步吹下风，就近吃了东西再去看一场电影。那么文艺的女生，也许应该选一部同样有韵味的文艺佳片。别显得自己太没有品位。为此木聪在上班时间抽空浏览了网上近期的电影介绍。

木聪犹自怀疑是不是按错了哪个数字，他干脆把纸条和手机肩并肩放着，一个数字一个数字输入，答复照旧。

木聪有些懊恼，应该当时就掏出手机互打一遍，才万无一失。但是他没有这么做。当着很多人的面追女生，他如今还是有点羞涩。

问了一圈那天晚上出场的熟人，木聪得到的反馈更加没劲。

"什么？不认识。不是你的女朋友吗？"

也许根本就是个假号码。也许那女生不小心写错了自己的号码。只有这两种可能，木聪心想。

他情愿是后者，这样就算错失了，好歹给自己留了颜面。打算约出那个女孩子的热情构思浪漫计划，当然也就派不上用处了。

基于一种莫名其妙的怒气，木聪又去了那个餐厅。

他这次非常坚持又非常认真地指出了一些事实。就算是兼职，也要核对身份吧。别说员工辞职了就不管了，那你们当时肯定有记录，到底是哪个学校哪个班的？还有，到底叫什么名字？

柜台人员妥协了。

◇ 3 ◇

木聪搞清楚了那个女孩子的身份资料后，就回家了。那女孩叫鹤真，名字跟人一样怪。

打探鹤真的同时，木聪也顺带问了，是否记得一个长头发气质不错的女生。柜台摇头表示毫无印象，那么多顾客，没法都记得。

后来木聪也没去找那个女孩子，因为没过两天，木聪就想明白了。他不过是自己下不来台，一时迁怒他人而已。

日子还是要照样过下去，远在远方城市的父母照样隔三岔五打电话催促木聪快找女朋友，快结婚，快生孩子。

他也想啊，可是，天不遂人愿呐！木聪叹气。他许的那两个愿望，第一个是父母身体健康，第二个就是告别单身。

虽然找不到人，可是那女孩说了，下周去厦门。

如果豁出去，赌博一把，请假一个星期，说不定就在厦门找到她。不知其名的女生也许真的是意外写错号码了呢？

他在网上查了，每个去厦门的游客，都不会不去那个岛屿的。他可以在岛上的旅行必签到景点，守株待免，人海捞人。这个想法让木聪坐在写字楼的格子间里呼吸急促了。

活了28年，木聪没干过这么疯狂的事情。请这么长的假，也许老板一不高兴会炒他鱿鱼。他没法考虑太久，周末过完就是下周了，要行动就要尽快做决定。

木聪打腹稿，编了一个不算离谱的理由，远房亲戚的某某某，对不起了。当然了，木聪还想着，就以老板的行为作为依据，批准假期，出行，不批准，那就放弃吧。据说一件事情一开始不顺利，就会一直不顺。

一天之后，在飞机上看了一个多小时的云朵。

木聪抵达厦门。

◇ 4 ◇

乘坐轮渡一点点靠近那个闻名遐迩的岛屿，气候晴朗到极致，海和天都蔚蓝。木聪脚踩在陆地上，犹如梦中。上帝创造世界用了七天，他要用七天来等一个女孩。等到了，就是他的缘分。

星期一过去了。

星期二过去了。

星期三和星期四过去了。

等待使人度日如年，木聪感觉盯着每个进岛的人，几乎没瞎掉。别人优哉游哉地看风景，木聪像条看门犬。

无论如何，等满七天再说。他给自己鼓劲加油。

星期天的晚上，最后的渡轮工作时间是凌晨半点，超过了航班就停了。

◇ 5 ◇

木聪等的人没出现。

夜里的海风格外凉爽，不少人趿拉着拖鞋逛游。木聪默默地看向固定的方向，脖子僵硬发疼。发呆了良久，他回到了现实。

木聪忍不住笑起来，此时此刻除了笑自己，好像也无计可施。木聪没有笑多久，就听见了一声恰如其分的骂。

“傻子。”

熟悉又清脆。

那女孩头发松散，很爽利，看着木聪继续下去：“傻子中的傻子。”

“为什么？”木聪自己都奇怪自己，居然这么心平气和。

“你在等那个女的？”

“嗯！”

“你脑袋真的傻了。你没看出来？”

“看出来什么？”木聪茫然地看着这个年轻的，皮肤有点黑的女生。

“你很喜欢她？那个酒托？”

原来如此。木聪脑袋里从头到尾仔细回想了一遍，他又开始笑了。这次，他笑得很惨烈。如果这个女生不跳出来，不出现在他面前，不说出真相，他至少只是痴傻。现在，就真的是傻子了。

女生继续问：“什么时候走？”

“明天早上的飞机。”

“好得很。走吧，走了就别再来了。”女生一脸厌恶地说。

“为什么？那你为什么来？你们女生真是奇怪，搞不懂。”

“我家就是这里。你懂什么？”女孩冰冰冷冷地说。

木聪有点意外，难怪她会出现在岛上。

“那你不欢迎客人？那么大的欢迎，干吗做成招牌挂着？”

女孩开始发火了：“欢迎，欢迎个屁，你很喜欢自己家里每天被人拍来拍去？你很喜欢喝咖啡？也不怕心悸啊？从小到大的邻居都搬了，好端端的房子非要改成什么咖啡馆，还什么家庭旅店？陌生人天天上门，还养猫呢！装什么文艺！从早吵到晚不得安宁。什么招牌奶茶，什么本地小吃，什么正宗菜啊？你们眼睛瞎了？看不出都是骗外地人的？矫情什么啊？”

木聪哑巴了。哑巴了片刻脑子回转过来，恢复智商，说：“没有这些，这么个小地方会繁荣吗？你们有钱赚吗？”

“得了吧！我家不想赚钱，都滚蛋才好。别提什么非去不可了行吗？尽管别来。”

“你一个人代表不了所有人。”

“你懂吗？你根本不懂。把我们的家，把这里搞得面目全非，有多讨厌。你这个傻子，等你的酒托吧。”女孩大声嚷嚷，嚷完了转身就走。

“你等等，等我一下。”木聪追赶过去，终于想起她的名字，“鹤真。你给我站住。”

鹤真没有回头，一直脚不停步，进了一栋楼房。夜色中也看得出外面的样子残旧，但爬满了藤蔓枝叶。木聪没胆大到直接拍门。

“你想怎么样？我骂人是不对，我跟你道歉，好不好？别跟着我了。”鹤真态度一百八十度转弯了。

“也没什么，我就想跟你探讨一个问题。”木聪很诚恳。

“探讨什么问题？”鹤真叹口气，“我们又不认识。你不是要离开厦门吗？”过了两天，她本来以为木聪已经走了。但是，从这天白天她出门，他就一直不紧不慢走在后面。不管是穿过巷子，过马路，还是出门买东西。她有点害怕了，在自己家门口，她反而不愿意惹麻烦。

木聪严肃地说：“就是你那晚提到的，外地游客跟本地居民的矛盾。飞机我改签了，把问题搞清楚了再走。”

鹤真错愕了，相当无比的错愕。

◇ 6 ◇

“虽然你说我傻子，或许我是比较傻，不过，我还是觉得，你不应该那么想。”

鹤真似听非听，只想快点打发这个人，了结这件事。她沉默不语，完全由着木聪说下去，像说单口相声。他们坐在小十字路口的甜品店，门口是冥顽不灵打瞌睡，皮毛花白懒洋洋的胖子猫。

“你没法阻止改变。改变总是有好有坏。虽然我千里迢迢跑到这里来，完全空对空。这两天我转了大街小巷，还是玩得开心得多，很多屋子在翻新装修，准备开店，为赚钱热情也是热情。一个城市一个地方，不接受改变，就故步自封总也走不出去狭隘的过去，就像小孩子总会长大，除非夭折。”

鹤真忽然扭头，正视着木聪：“你说什么？”

“我说，一成不变再美好，还是会不断改变，就算面目全非变得糟糕。”

“不是。你说什么小孩子？”

“就像小孩子总会长大，除非半途夭折。不管是长大变得庸俗平凡一事无成，总是要长大的。”

鹤真站起身，跑出店子。

其实木聪白天在逛，晚上在想。想了很多很多，想他来到这个世界上的小半生，想起中学的初恋女友变心了。大学的女友所嫁的是另外一个人，虽然她喜欢的是木聪。他落寞受伤了一年多才走出失恋。

他一直觉得自己会按部就班早结婚，结果拖拖拉拉快三十岁了。本来遇到了心仪的女孩，想要再次鼓舞勇气努力一把，千里寻觅，不巧动心的，是位酒托。

如果傻了一把，觅得良缘，也是好事一件。

木聪这么安慰自己。

在光线充足海风绵绵的岛屿上，这个女孩土生土长，骂人直接，道歉也直接。

他习惯了户外步行的运动量，脚步轻快多了，男生的步子快过女生。他很快追赶上鹤真，鹤真不回头，登上台阶。

他最后看见的，是一张哭过了眼泪还没干混杂汗水的脸。他有点手足无措了，站在巨大的岩石的旁边。鹤真不再往前走了，已经到山顶了。

◇ 7 ◇

木聪开始摸索口袋，掏出纸巾递过去。鹤真没有拒绝，也没去擦，因为她一直在哭。

“小时候可以看见干干净净的海。”鹤真的短发被吹得更加动荡飘扬。

可那是小时候了。

“小时候什么烦恼都没有。”

但小时候过去了，就一去不回。地球不为任何人停转。

“我去考研，一直不想回来。你想知道么？还是你听人说了，听我家隔壁的人说的？”

但木聪摇摇头：“我什么都不知道。”

“曾经有个外地男的，很文艺，来岛上住着，租的我家楼上。我们谈上了，后来他不知道跑哪儿去了。我拿掉了孩子。看不出来吧？”

鹤真突然笑了。

很奇怪，她就是想跟这个陌生人，把自己小半生的遭遇全盘托出。

真的看不出来，她看起来年纪很小，不过20多岁。

木聪明白她为什么忍不住骂人了，以及她讨厌酒托女孩的原因了。也明白她为什么讨厌面目全非的岛屿。

“你说得对，没有什么是不变的。”她又哭了。

他干脆直接给她擦眼泪了。

人生在世不称意，何不要哭就痛哭。勉强忍住，多么煎熬。

◇ 8 ◇

大到天地万物，小到一个人的生活。没有什么能够永远停留在过去的，迟早都会变的。我们只能顺着改变，好好生活下去。

木聪觉得像做了一场春秋大梦。

他为了一个酒托千里迢迢去了海边城市，却跟另外一个女孩谈人生。然后他回到自己的城市，继续当一个上班狗。

在谈人生之前，那女孩在深夜肯定哭过。

虽然她骂他傻子，但他还是跟她说，鹤真，再见。

他不知道跟这个女孩还会不会有故事。不过他有一天收到了信。打开，里面是一张漂亮的明信片。

信里鹤真用英文致谢，她去读书了。

邮戳记录显示，信在出国前寄出。那是伤心岛屿的来信，来自人世间复杂多变的真心。

木聪知道，他永远忘不了这个女孩，也永远不可能跟她在一起。

太过坦白的两个人，成不了恋人。木聪收到了心意，把卡片顺手送给了路边的小朋友。

永远不要因为受过伤害，就想着退回到小时候，拒绝长大。

永远不要拒绝长大，
永远不要退行。
大到天地万物，
小到一个人的生活。
没有什么能够永远停留在过去。
我们的心，
指向当下，指向未来。

你所说的初心是什么意思

沈幸问陈科："中了五百万怎么花？"

"我们已经双宿了，当然还要双飞啊！环游世界。"

啊，多么美丽的承诺。

"双飞第一站去哪？"陈科问沈幸。

◇ 1 ◇

何谓初心？很多人念念不忘，全然懵懂。

海风以永远不停歇的频率，一再扫过沈幸的额头，她的头发，她的下巴，她的身体。大树在风中发出沙沙鸣响。

她凝视着刻在树背面的那句话，“C、S到此看海，永远相爱。1999年4月5日”。

呼吸着不打算停歇的风，许久以后，沈幸转身，沿着斜坡向下走去。

◇ 2 ◇

鼓浪屿之旅充满亮点。

比如48块钱一只的半大海蟹肢解烹饪后，卖相唇红齿白，肉质鲜甜细嫩，葱姜衬托有致，沈幸深深地咀嚼一口，被它彻底感动。

比如海底世界亲眼看见传说中的河豚。原来号称剧毒美味的鱼种，长相憨厚像上世纪的农民伯伯，气鼓鼓的，感觉一戳就炸。

比如令另外一只女海豚罕见地怀孕的男海豚鹭鹭，曲线优美，身材一流，现场观众尖叫连连。

沈幸也被这种热烈的氛围感染，兴奋地鼓掌。白T恤、白长筒胶鞋、黑裤子，年轻帅气的训练师，面向游客询问：“想跟海豚先生亲密接触的朋友，请举手。”

作为最受欢迎的游客互动环节，观众席顿时手臂如森林。沈幸也高高举起自己的手，从小学到大学，沈幸从来没有这么积极过。那么可爱的海豚，谁不想亲密接触?

幸运之神于几百号游客中，眷顾沈幸了。

那只优雅得像个真正绅士的哺乳动物，靠近沈幸，碧蓝的水池的反光使人晕眩。沈幸忍不住闭上眼睛，感觉心脏怦怦跳动，沉重有力。比她的心跳更加沉重有力的，是海豚的一吻。

这一吻在额头。

直到回到旅馆，沈幸仍然有些微的头晕。她单手抚摸着额头眷念回味，忍不住想起了吻过她的那些男生。想起之时，她忍不住比较起来，比较的结果是，沈幸在蔚蓝寥廓的天空下，在日光耀眼的天空下，自言自语，海豚都比你们吻得深。

大抵，只有一个男生，最是接近，最可媲美这一吻的那一吻。

各个景点足够的亮点让这趟旅行几乎十全十美，除了因为小意外绑到手指上的创可贴。

◇ 3 ◇

21岁的沈幸是个货真价实的小白领，24岁的沈幸是个公司的伪中层，27岁的沈幸是个独当一面的小高层，27岁的月薪足够全程飞行舒服来去国内旅行两次，但高密度地出报告做方案早已经叫沈幸提前为之折腰。她的腰肌劳损了。很损，损得阴狠毒辣。

在健康会所接受物理治疗、红外线照射一番后，收效一点也不显著。沈幸决定给自己放假，旅行疗伤。比如去看海。但沈幸还是犹豫不决。看海也有很多选择，海南有三亚，山东有青岛，厦门有鼓浪屿。沈幸迷迷糊糊地听见有人说，那就鼓浪屿吧!

没有给男朋友报备，没有跟任何人通气，沈幸出发了。

被海蟹的美味征服、被河豚的憨态雷到，被海豚的亲吻击中。沈幸觉得，天空海阔。

大学时她代表学校文学社，采访过一位80多岁的著名诗人，诗人临死前说的话，此刻被沈幸想起来，觉得很适合用来比喻自己的心情，“这一切都很好，这一切都很美”。

大把年轻人的游客，大把青春，大把阳光，大把海风，身在这些大把美好当中，沈幸逐渐觉得腰疼淡化了一些。

在沈幸抵达环岛木栈道，躲避在大榕树下享受阴凉时，男朋友发来连环檄文短信，讨伐批判沈幸一个人出来玩儿眼中无他，心中无他。沈幸很想代替男朋友补充一句，床上也无他。

没有旁人一边打呼、翻身、磨牙、梦话。一个人在岛上小旅馆的大床上，沈幸酣睡甘甜。像是少女时期偶然偷翻的武侠小说，被无私的前辈高手免费灌输了数十年内力的主角，她四肢百骸无不舒畅。

实际上她的回复是“亲爱的，等我回来连人带礼物补偿给你”。沈幸已经不是拙于应付懒得敷衍的小女生，早晚修炼，读书看报，她深切懂得维系男女关系的大道理是给他面子。常常给，反复给，一直给。就要谈婚论嫁了，一旦破败，从头再来成本高昂代价可贵。

然后，沈幸深深叹了一口气。她光着脚，在树下一隅的清凉世界半躺下，放松得情愿就地安葬，任凭骨肉消融。

小女生时代幻想过第一次看海，是要由自己最爱的男孩子陪伴。愿望一直轮空。

那些纵贯过去和现在的男朋友，多数爱沈幸，却不是她最爱的。

◇ 4 ◇

1999年，大学生陈科每个月总有那么几天，出现在一个通常堆砌烟头，充满浓雾的狭窄甬道。这条甬道建立在某个超市的侧面走廊。这么小的面积也被充分利用起来，作为贩卖希望的容身之所。

被贩卖的希望定价为2元。2元钱一注的庞大的中国福利彩票事业，是由成千上万的彩民支撑起来的，其中包括学生。针对日益增加的大学生彩民，电视台的某个节目播出了不到半分钟的消息加以报道，“彩民小陈是M大的大二学生，也热衷于购买彩票——他说中了五百万要给父母买大房子，带女朋友一起看海环游世界。”

就读新闻系的陈科，碰巧就在现场，他第一次上了电视。

当时，名为沈幸的女生，在M大第一食堂看电视的时候，看见了彩民陈科，她发呆了一下，心跳加快，爱情诞生得莫名其妙。她也想有个带她一起看海的男朋友。

后来，彩民陈科就不怎么一个人来，而是带着一个女生一起来买彩票，一次买5注，雷打不动。2注自选，3注机选。女生对彩票毫无兴趣，只对男朋友陈科的承诺感兴趣。

沈幸问陈科：“中了五百万怎么花？”

“我们已经双宿了，当然还要双飞啊！环游世界。”

啊，多么美丽的承诺。

“双飞第一站去哪？”陈科问沈幸。沈幸吞了一口口水，以陈科最喜欢的斯文清纯表情说：“我想去看海啊！”

生在内陆，长在内陆的沈幸，17岁还没有看过海。

陈科说：“嘿嘿，嘿，不用中五百万也能带你去看海，我去年到鼓浪屿看过。”

沈幸被彻头彻尾的甜蜜包裹住，形同夹心巧克力包裹住的蜂糖之心，她凝视着陈科，但大脑已经放空。在沈幸被感动到近乎瘫软的时刻，陈科趁机狠狠地吻了沈幸。

当然，沈幸没去成。因为没多久他们就分手了，陈科去吻更美的女生去了。最爱的男生，不一定是最好的男生，更未必是最忠于自己的男生。

沈幸哭得死去活来，17岁的年轻女生的失恋伤痛好比上刀山下火海。

沈幸很想战斗一场，横刀夺爱。但她酝酿千百遍勇气，在街头遇到陈科时她拉着新男友，一声没吭。

27岁之前，她一直没去看海。

◇ 5 ◇

在疗养院给腰部做物理治疗的沈幸，百般无聊，拿起一份《外滩画报》，在生活版第10页里报道说，2006年5月15日外国登山家马克攀上了世界巅峰，为此他失去了五根手指，但他不后悔。

这新闻没看完，沈幸就哭了。

马克啊马克，谁为你感动?

当然是沈幸。

“顶端最美的不是自然景色。”马克说，“你甚至可以看到地球的轮廓，但你知道，为了看到这一点，你付出许多。心理上的满足感最美好，会伴随你终生。”

到哪里实现人生的第一次看海并不重要，甚至有没有最爱的人陪在旁边也不重要。

因为马克没有双脚，是个残疾登山家。

站在珠峰之巅的登山家都可以没有双脚，诺言的现场又何必需要主角?

明白这个道理，沈幸花了十年。

也许这个道理实在太简单，简单到，看看残奥会，看看任何身残志坚的典型模范都可以获益到。但也许拖到十年后的今天获得，只因为冥冥中安排了一切领悟，需要在一份华丽的画报上读到一篇无腿马克的报道，恰如万事俱备，只欠东风。

不，不对。沈幸否定了这种励志的思路。那些看过的典型，所有没能感动沈幸的人和事，是因为它们并没有揭示真谛。

◇ 6 ◇

尘世间的真谛只被马克揭示：实现一件事情那一刻的满足感，会伴随你终生。做一件事和所携带而来的满足感，爱一个人和爱的感觉本身，不可等量齐观。这是人类有别于所有动物的自恋。

伴你终生的满足感，比看见地球的轮廓这样壮观的美丽更加重要。

扔下画报两个小时后，沈幸坐在南方航空公司的日航线上，凝视明暗变换的机舱小窗口，无数云流过她的眼眸。

云生云灭，心念刹那，她终于筹划了一件别人看来觉得可笑，对自己却具备意义，绝对值得去做的傻事。她要去看海，哪怕只有自己一个人。

尖锐的锋刃刻画在植物叶子上，栏杆上，旅馆角落，最后还刻在日光岩的百年大树上，既不文明，也很可耻，更加幼稚。

真实的身边没有携带想一起看海的恋人，但沈幸在心中打包了，随身携带。她只要当时的那个陈科，不要后来的。

沈幸用力挥刀，手指甚至被小刀扎伤，些微流血，但她升腾起如晕船、如大醉、如烈焰、如暴风、如海啸的满足感。

问世间情为何物？问世间何为初心？

塞林格说："有人认为爱是性，是婚姻，是清晨六点的吻，是一堆孩子，也许真是这样的，莱斯特小姐。但你知道我怎么想吗，我觉得爱是想触碰又收回的手。"

你所理解的初心是什么意思？

初心是未完成的留白，不圆满的人生永远折磨着你去填补。

那就亲自去完成填满。收手之后，哪怕纯属虚构，也受用一生。

"1999年4月5日，C、S到此看海，永远相爱"。

尘世间的真谛是，

爱一个人，

可以与这个人无关。

忘了初心，

也可以有始有终。

欢迎来到动物庄园

“我去看电影，你要去哪里？”

“我去买书，准备在职考研。一起去看吧，我请你。”大目微笑着。

“好，我买零食。”小璞说。

他们逃离了熙熙攘攘，去了电影院。

◇ 1 ◇

活在这个憋屈失望的世界上，人的心里面会长出可怕的妖怪。

你很想痛痛快快干点什么坏事。痛痛快快光脚狂奔，痛痛快快鬼哭狼嚎，痛痛快快在情敌的脸上划几刀，痛痛快快把讨厌的人踢下悬崖。或者杀人放火，痛痛快快干掉自己，痛痛快快放一把火。

“怎么样？让我来。”小璞说。

小璞嗤嗤地划燃火柴，浓烈的硫黄烟味冒出，她扬起了手。

◇ 2 ◇

半山腰一片热闹，但小璞跟这些结伴而游的年轻男女不是一路人。

他们热情高涨地拾了砖瓦架起原始的灶台，拿不锈钢饭盒当锅子烹饪起泡面，掏出背包里的蔬菜和肉串，一边烟熏火燎，一边追赶打闹，一边大声唱歌。秋天的山上红叶掉光，半山的杂草完成一岁荣枯，他们吃饱喝足打算露营。

搭好帐篷之前，他们拦住一个村民问清楚了，蚊虫仍然猖獗，不过可以烧了杂生的草木顺带干掉蚊虫。村民们多少年来一直这样做，四周是溪流，没什么危险。

小璞独饮独食独行，不言不语看了半天溪涧的流水，她回过头，看见他们收集枯枝干叶要放野火了。

于是她走上前，冲那个年纪轻轻眼睛很大的男生说：“让我来吧！”

就这样，那男生很爽快，把火柴递给小璞。

烈火遇风，摧枯拉朽，顺着枯草弥漫开，片刻就让山腰上的野草化为灰烬，这一瞬间小璞万分痛快，近乎极乐。

她掏出自己的矿泉水瓶子，打开抿了一口。那男生抽动两下鼻子，大叫起来：“喂，喂，你喝的是酒啊！给我也尝尝。”

小璞冲他笑，整个瓶子递给他，然后扭头就走。

丢开这群人，小璞继续往上爬山。天黑下来的时候，升起一阵雾霭，没多久，那男生就看不见小璞了。

天继续黑下去，小璞站在山顶高处，望见半山腰的那块平地上几十道手电筒的光柱挥舞晃动，还是那群年轻人在玩无聊的游戏。

碎石踩在脚下，让人摇摇欲坠，小璞终于累到走不动了，她靠在山石上，默默喘气。

等到那些手电筒的光污染耗尽，夜空恢复澄澈。一整个星空盖在小璞的头顶， 十九岁的小璞第一次在学校外的小餐馆喝醉时，发现自己的酒量特别好，全班男生都倒下了，她还捏着塑料杯子发呆。人要有自知之明，所以这一次她足量足料地带够酒。

她从背包里拿出第二个装满伏特加的矿泉水瓶子，喝完以后宇宙万物荡然无存。

在她彻底醉倒之前，星空璀璨，低得手可摘星辰，山峰上很冷，寒风吹得人缥缈，呼吸都带着颤音。她的右手边便是峭壁，翻个身就可以魂飞魄散。二十一岁的小璞躺倒了，将手伸向天空，翻了个身。

◇ 3 ◇

厨房很简陋，但是有纤细的筷子跟宽大的面条，有个头很大的蛋和雪白的盐。睡醒后的小璞肚子很饿，她只想煮碗面再加一个蛋，问题是她发现没有煤气也没有燃气灶，只有水泥红砖砌的柴火灶。

她找遍了两层楼四个卧室，一个人也没有，小璞一摸口袋，里面还有一包火柴，大概是昨天放火时她顺手牵羊了。

被烟熏到呛出眼泪，折腾半天煮好一碗略带焦煳的面条，小璞呼噜呼噜吃完，洗干净碗，继续回床上躺下。

她想得很清楚，一定是谁把她从山峰带下来了，带回这房子。推理一番，恩人必然就是房子的主人，但他外出还没回家。

这座山游客不少，村民们把自己的家腾出一半当民宿旅馆赚钱。一晚上五十元，那群年轻人不舍得花钱，干脆就露营了。

虽然他一番好意，不过却是多管闲事，小璞的计划都被破坏了，这让小璞觉得很痛苦。小璞从身上找出钱放在床上，不等主人回来就走了。

这一次她在山顶坐了很久，白昼的山风吹得衣袂作响，再度爬上山顶又是黄昏了，天还没有完全黑，遥望山脚，小璞忽然就胆寒了，她不想死了。

大活人一旦坠下去，那就是一团不明的模糊物。她一阵恶心反胃，吃的面条哗啦全吐了，有一部分呕吐物被风吹到悬崖外，飘飘摇摇隐入山野。

◇ 4 ◇

回到那栋小楼时，小璞见到了那个把放火的机会让给她的男生。那男生兴奋地问她是不是也住在这间民宿，小璞说是。那男生说："同学们都叫我大目，不如交个朋友吧，你还有酒吗？你的酒很好喝啊！”

小璞就笑了。

眼睛这么大，难怪叫大目。

然后大目说：“我跟另外一对情侣，准备再玩一天，你叫什么名字？你什么时候走？”

小璞没来得及回答大目，就闻到了一阵香气。这香味让小璞变成了跳墙的佛，她找到源头，看见锅铲上的煎蛋正要劈头盖脸打在面条上。

“这碗面我要，给我吧。”小璞翻出最后一张二十元钞票。那人接了钱，把碗推到小璞面前。

大目跟着也来了，嚷嚷说：“给我们也来三碗。”很快他就得到了三碗面。

当大目、小璞和另外一对情侣一起大口吃面时，下面的人走到了屋后的小院子。那对情侣说：“店主真是个怪人，房钱随便我们给多少。”“很有爱啊，有个性。忒像我们院的美术老师了。”

一个女生在嘀咕：“这男的洗洗刷刷干净了，应该不错。”

“你心动啦？口味这么重。”

大目不理会同伴的吵闹，他看着小璞，将自己碗里的蛋挑给了她，然后跟她说：“我是屁大的。”

“屁大？”小璞说。

大目有点脸红了。旁边那个女生代替他解释了：“大目是北大的，我俩是清华的。”

小璞搞明白了，他们是名牌大学的骄子，绝不是来历不明的人。所以，大目的意思是，他对她有兴趣，想要深入了解她。在小情侣回房间后，大目鼓足勇气，牵了小璞的手，带她到自己的房间。

大目说，他们一群人心血来潮，一起秋游，想不到会遇到你，你真的很特别。大目还说，他还没有正式的女友，因为一直没遇到让他彻底心动的。

大目又接着说，他看到小璞刮燃火柴手指一弹，熊熊火焰瞬间爆发，举手投足真像电影《风云再起》里的王祖贤。大目还说："我真的喜欢你，我会好好对你的，我一毕业了就去找工作，嗯，养你。"

大目没有喝酒，都像是醉了，说着一些遥不可及的话。但是小璞跟这个男生面对面躺着，一直在打量他左脸的一颗饱满的青春痘。

他那么可爱，那么健康活泼，那么青春，小璞只觉得活着很悲哀，恰如最美好的蛋糕摆在丧失食欲的人面前。小璞很有耐心地听完大目的告白，她由始至终都看着大目的眼睛。然后，她睡着了。

小璞自己都不知道自己是怎么想的，跟一个见过两次面的男生共处一室，然后当着他的面睡着了，这算是默许还是无所谓的纵容，谁知道呢？

大雨里的落汤鸡需要温暖，溺水的人需要稻草，动物最寂寥的时候需要爱，或者做爱。

小璞在大目的怀抱里醒来，她闻到浓密的汗水味，也听到男生特有的猛烈的胸腔共鸣。小璞看出来，这是个淳朴天真的男生，因为刚才亲嘴时，她在他的眼睛里看到了第一次。

这男生不是第一次跟女生睡觉，但他的眼神里有亮光，堪比漆黑夜里的手电筒，不为别人，为喜欢的女孩而照。

小璞的心，忽然沉痛到极点。于是她推醒了大目，很简单地告诉他一个朴素的事实。

她在大学毕业时怀孕了，然后男友尽心尽力劝小璞打掉了孩子，才甩掉了她。小璞难以置信，曾经那么深刻相爱的人，居然变成人渣。

小璞不得不承认，男人的美好其实是片段式的。再美好的时刻过去了就过去了，为了立足社会，为了远大的前程，男人可以狠心到这个地步。

然后，三个月后，小璞打算好好玩七天。上帝创世纪需要七天，一个人告别这个世界也得七天。

她离开首善之都的二环三环四环五环，直到郊区，直到河北移动欢迎她。她还带上了两矿泉水瓶子的烈酒，准备最后看看这个世界的风景，上山去，喝醉了，一不小心从山顶滚落，堕落死掉，就地腐烂，拉倒。

她甚至不是对一个男人失望透顶，而是对人绝望了。遗憾的是，她没死成，她被救了，不敢再去死了。

大目光着上身，坐在床上听完小璞的时间简史，他沉默了很久，眉毛眼睛鼻子痛苦地拥挤在一起，他突然就号叫了一声，头也不回地奔出去。

小璞笑了，发自心肝脾肺肾地笑了，浑身充满了莫大的快感。痛痛快快放火，痛痛快快打碎一个男生的仰慕。她太喜欢这种痛痛快快伤害人的感觉，因为她做不到痛痛快快去死。

小璞在这样做了之后才发现，人真残忍，人类的本质还是动物。自己也不例外。

◇ 5 ◇

大目走了以后，第二天一大早，那对情侣同伴也走了，他们连招呼都没打一个。不过顾杰说，他们很有素质，房钱主动留下了，就像你一样。

顾杰就是给他们下面的人，也就是这栋房子的主人。小璞对顾杰说："我饿了。你下的面真好吃。"

顾杰深深地看了她一眼，说："一个女孩，别开黄腔。"

小璞接着说："我想多住一些日子，不过我没钱。你看着办吧。"

顾杰抬高手，似乎想要抽小璞一耳光，结果他只是伸到小璞的耳朵边，帮她把头发拢到脑后。

小璞就愣了。

这个头发有点长，胡楂清晰，浑身邋遢气质，牛仔裤配拖鞋的男人，默默转身走到灶台前，烧水、煮面、煎蛋。小璞坐在油腻乌黑的饭桌前，两脚踩着长条板凳，等着面条煮好。她看着顾杰的背影，这男人话太少，反衬得鸟鸣山更幽，小璞听到了鸟鸣，这的确是在山上，同时她还听见了更加奇怪的叫声。

◇ 6 ◇

面条散发出麦子的原始香味，顾杰跟小璞面对面坐着。但小璞没急着去吃面，她走到了房子后面的院子里，深呼吸，各种气味钻入鼻腔。

太阳很好，日光耀眼，天上地上都是白花花的。这栋位于半山腰还上面一点的房子，没有左邻右舍。小璞数了数房子后院的动物，分别是一只猫，一条狗，一头猪，两只鹅，三只鸡。猫在打呼噜睡觉，黑白灰的混合花色。狗在远眺，是一只眼神温情的中华田园犬，也就是土狗。猪在发呆，安忍不动地匍匐在大地上。

鹅跟鸡在一些黄色的泥土上种植的绿色蔬菜前面，走来走去，不知疲倦。它们的叫声混杂起来就是一队古怪的合唱团。

顾杰站在小璞的背后说："有时候吃鹅蛋，有时候吃鸡蛋。吃着它们的孩子，它们也不恨我。"

小璞突然就哭了，她很久没哭了，不是不想哭，而是哭不出来。人生在世不称意，一不小心就拧巴了。她不知道这话到底是哪里击中了她的泪点，总之，眼睛跟水龙头坏掉似的，一直冒出透明的液体。

小璞哭她的，顾杰拿清水涮一下碗，盛了面条，端给小璞。于是小璞一边哭一边吃，连面汤都喝干净了，半点不剩。吃完了，哭完了，她去洗碗。

顾杰不再跟小璞说话，他从一个大编织袋里倒出一盆东西，搅拌，走到猪的身边，蹲下身喂猪，那猪吃得很香，顾杰跟猪说：

“吃饱睡好才能身体好，对吧！”

猪只会哼哼，小璞就代替那猪回答顾杰：“你说得对，我去午睡了。回头见。”

他没赶她，也没留她。

上楼去午睡的短短时间里，小璞一个台阶一个台阶慢慢迈腿，她下定决心，死乞白赖也要住在这里。

小时候她读过一本《山居笔记》，现在她觉得，山居其实一点也不美好。那猪一身臭味，狗的毛皮脏兮兮的，就猫还干净点，但想必还年幼，脸颊上挂着两颗鲜明的眼屎。

这里没有天然气，水压送不到这个高度，自来水断断续续。这里没有超市，没有专卖店，没有电影院，没有咖啡馆，没有图书馆，没有地铁，不过还有电，有电视，有最简单的东西可以吃。

然而不美好是可以忍耐的，比起残酷来说。

◇ 7 ◇

小璞给自己烧水，洗澡。这个男人跟别的男人不一样，尤其是山外的男人。这是小璞作为女人的直觉。他们很像是在同居，但是没有睡在一起。

有时候顾杰会接待爬山爬到高处的游客，收一点点钱，就像小璞当时和那对情侣，还有大目那样，给多少就多少。隔一个星期顾杰会下山，买点调味品和小杂物。

能够住下来，小璞还是付出了代价，她帮他喂动物，喂猫、喂狗、喂鸡、喂鹅、喂猪，以及打扫收集动物们的大便，埋到田地里当肥料。动物们不说话，只怪叫。听习惯了，当成纯天然野生的奏鸣曲。他做饭，她洗碗，他们甚至连话都不说了，培养出了默契。

住到第三个星期时，小璞半夜去推顾杰的房门，顾杰却不在房里。人生如此寂寥，她只想抱着一个有体温的人入眠。或者最好是顾杰主动来敲她的门。漫漫冬日，人间苍凉，人与人就算是刺猬之间，也需要拉近一点距离，相互取暖。

坐在空房间里，小璞的脑子里冒出很多乱七八糟的念头，性无能？性冷淡？还是说压根不喜欢女人？

小璞像个幽灵，脚步放得无比轻，在不同的卧室穿梭寻觅，在厨房，在阳台，在厕所，最后是在院子里。屏住呼吸倾听，动物们的呼吸中，还有人的呼吸。那些习惯了缄默的动物，猫不出声，看着她，狗也不出声，看着她。

猪在一地谷草上酣睡，顾杰抱着猪，头抵着猪的肚子，安然沉睡，像个年幼的孩子。

小璞在微弱的白色月光下，凝视了许久，然后悄无声息地离开院子。

◇　8　◇

很久以后，小璞才想明白那两次的泪点是什么。

第一次是孩子。

第二次，是长大。人长大之后，再有赤子之心，也做不了孩子。忧患痛楚可以逃避，却无法消灭。但凭借暂时地返回少年时，我们获得重新出发的力量和勇气。

顾杰当然不会是地道的山中村民。村民们讲方言，不讲那么流畅的普通话。

小璞下山了。她想通了，没时间再给那些动物捡屎了。人生中总有荒废的时光，既然过去了，成为时间简史，就埋到土里，滋养生长。

小璞下山之后，回了城市，在五道口周边找了房子。房子从别人手里转租，租期半年。她在附近电视台的数字制片中心干活，也就是所谓的新闻民工。她本来就是新闻专业，工作算是对口了。

走的时候，她偷走了一只鹅。城市里养宠物的人那么多，审美千奇百怪，藏獒狼犬不算可怕，喜欢养毒蜘蛛跟蛇那才叫恐怖，小璞只不过是养了一只鹅。

平时互不打扰，各行其是。失眠时，小璞抱着鹅，在地板上躺着，那鹅便温驯沉默，在她怀中，陪她渐渐入睡，不以物喜不以己悲。

她的胸口内有黑洞，因他人故意伤害所致，必须依靠最纯粹的陪伴而痊愈。

山上男人的猪，住客小璞的鹅，哲学家尼采的马，世上那些沉默的动物，如此温柔，仿如老友，治伤疗痛。

下山时，小璞自然也没有跟顾杰告别。她本来就是不速之客，要走也不用喧哗惊扰。小璞一张纸条也没留，她不吭一声，携鹅而去。

◇ 9 ◇

下班闲暇时，小璞有时去书店，有时去咖啡馆，有时去动物园，有时去电影院，生活继续下去，十月里仍然炎热的北京，想要坚持上班，就必须下班好好抚慰自己激励自己。至于自己为什么要出没在北京，小璞心里有数。

那天是星期六，下午小璞想看电影，团购的电影票，要坐地铁去所在的电影院。地铁里人挤人如牢狱，简直让人厌世想死，很意外，小璞在地铁里看见了大目，大目也一眼瞥见了小璞。

小璞拼命往前挤，大目也如鲑鱼逆流而上，两人相会时，大目最先伸出手，然后他们彼此都抓紧了对方的胳膊。

“我去看电影，你要去哪里？”

“我去买书，准备在职考研。一起去看吧，我请你。”大目微笑着。

“好，我买零食。”小璞说。

他们逃离了熙熙攘攘，去了电影院。

生命如尘埃，不到落定，不能停歇。还得去爱，打倒孤独。即便没有再遇到大目，小璞也会耐心等到一个适合她的人。

两个星期后，小璞妥善安置了那只鹅。然后搬到大目的家里。

◇ 10 ◇

关于鹅的处理，小璞在二手交易网发布了消息，附鹅的照片。然后，一个相貌清秀的男生上门，带走了鹅，并且答应，小璞可以每个月联系他回访一次。小璞安心了。

送走鹅的那天晚上，小璞梦见了在山上的日子。月光清冷，那是谷草和棉絮堆积成温暖的窝，一个大男人，抱着猪才能安眠。

她无比怀念那段山居岁月，一男一女各管各，寡言少语，披头散发，心境沉静。动物很善良，从来不会伤害人的心。

小璞突然跳起来，打开笔记本电脑，搜索顾杰的名字。

几个月前，有一份杂志采访了顾杰博士，他在本城郊区，开了一家动物农场。

这个博士，是有故事的人，两年前他母亲出车祸去世了，他的博士论文一直无法通过，人也失业了，之后，妻子提出离婚。命运剧变之下，他整个人崩溃了，一夜之间他消失了，亲朋好友都找不到他。

他用最后的一点积蓄，租下了山中一户迁居村民的房子，租了一年，避世疗伤。

度过了几百个独处的日日夜夜，他养着动物，在动物们的陪伴下，才回归正常。对于落魄之极的顾杰来说，偏僻的山间，村落的房子，和动物们，合并组成了属于他的动物庄园。

如果你心中郁结，不想见人，那就去抱一抱动物吧！坚忍的猪，独立自由的猫，深情眷念的狗……天真快乐的它们沉默温柔，伴你左右。同时，也可以收留被遗弃的动物。这就是他想要为其他人，建立动物庄园的初衷。

是吗？原来如此。

答案一直就很简单，最深刻的痛苦，发展成就为最深刻的爱。博大、宽容，而慈悲。这动物庄园不是那《动物庄园》，一个是救赎的天堂，一个是地上的荒诞。

小璞心领神会，却绝口不提。

人物采访的最后，顾杰还说，有一次，有个女孩跌跌撞撞，醉醺醺地闯入他的房子里，推门，找到床就倒下，呼呼大睡。不用问，闻一闻就知道，她的身心必定遭遇巨大的创伤。于是他收留了她，后来这个女孩不告而别。

他希望那女孩好起来，快乐幸福。他也相信，她会好起来。因为她醉成那样，潜意识里，还是顽强求生地找到了他那里。

报道的版面上还有顾杰一家人的半身像，他的臂膀环抱着一个壮实丰满的女人，迎着阳光这对夫妻笑容满面。

他说，欢迎来到动物庄园。

小璞沉默良久，她回过神来，微笑含泪，对着空气说道："谢谢。"

她没有不告而别，她跟猫说了再见，跟猪说了再见，跟鸡和另外一只鹅说了再见，也跟狗和抱着猪睡着了的顾杰说了再见。

◇ 11 ◇

大目完全不知道那篇报道的存在。

他只知道，那次旅行之后，自己就不再是过去的那个全无心肝的男生了。

他的心开窍了，也懂得什么是真正的痛苦了。

有人终其一生不知道何谓爱，有人一见钟情，灵魂全部打开，让对方长驱直入，如同犀牛闯入瓷器店，被打得稀巴烂。

他痛恨了很久，怎么会有女孩如此残酷，一夜之间，令他从天上跌到地下，痛到号叫。

可是恨在时间里，沉积发酵。在试过了交往其他女孩以后，他老是惦记着山上的那个女孩。

情不知所起，一往而深。你可能会爱上一个人的嚣张跋扈，也可能爱上一个人的哀伤平静。

能够管住自己不去想一个人，那就不叫爱。正是那个悲哀的小璞打动了大目。他只想跟喜欢的女孩在一起，除此之外，他什么都不在乎。

所以，人山人海的北京城，大目看见小璞的时候，他一路追赶上去，大声喊她的名字。一直喊到小璞回头又看见了他。

人山人海，
情不知所起，
一往而情深。
你可能会爱上一个人的嚣张跋扈，
也可能爱上一个人的哀伤平静。

谁说认真就不会变成天大的笑话

长昭对自己后面的女孩说："帮我刷卡好不好？我把早餐都给你。"

女孩答应了。

表面上看，一份早餐换两元车费。事实是，一份早餐换一个恋人。这很划算。

这个女孩，今良，成为长昭人生里真正交往的第二个女孩。

◇ 1 ◇

你会爱上一个外国人吗?

长昭完全没想到，自己会喜欢上一个芬兰女孩。世界那么大，只要有网络，就能恋爱。交换了照片交换了热爱的食物，爱情就开始了。

那个外国女孩顶着几粒雀斑，看人的眼神朝气蓬勃。长昭的白昼和深夜统统交给了这个女孩，走路视频，逛街语音，吃饭对望。

谈恋爱时说的话，十之八九都是废话。那又有什么关系？生命本来就该浪费在这样的废话上。不需要外人懂。

情到浓时，长昭说我会去找你，等我勤工俭学，赚了钱买机票，去见你，摸你的雀斑。但那个女孩说她可等不及了，她说不如我来见你。

没多久他们见面了，女孩背着包，穿着球鞋，大老远来到中国，两个活生生的人面对面了，女孩嘻嘻地笑，她伸手按按长昭的鼻梁，然后惊叹说："真的像照片里那样塌啊，你说得没错，亚洲人的鼻梁多数与挺拔无缘。不过很可爱啊！"

长昭还在念书，没什么钱，他很紧张，不知道该请女孩吃什么。为此他手心出汗，心跳如鼓。

女孩却只点了炸鸡和啤酒。逛街的时候，女孩给了他一片口香糖，她说："Kiss me，不要口气糟糕。"无比蹩脚的中文，也像魔咒，令中国男孩晕眩神迷。

所以他们嚼了口香糖，吐掉，再接吻。长昭深深地记住了那种味道，爱是淡淡的甜。

而哀愁，总是在失去后才涌起来。

◇ 2 ◇

多年后长昭赶着公交车去公司，成为一名IT狗。他急匆匆地拿着麦当劳的早餐一路吃，心焦又拼命，像所有还未发达的年轻人。

有一天他忽然醒悟，那早餐也不过是黄油煎蛋咖啡豆浆，味道勉勉强强，完全可以自己批量买回家做更便宜啊。省一点是一点。

自带饮料的长昭却犯了另外一个错，那天早上他没带零钱。他总不能把一张百元钞票投进去，然后坐在门口找其他乘客收钱。但要是赶下一班车，他肯定就迟到了，迟到了扣罚五十，全勤奖就泡汤了。

长昭对自己后面的女孩说："帮我刷卡好不好？我把早餐都给你。"

女孩答应了。

表面上看，一份早餐换两元车费。事实是，一份早餐换一个恋人。这很划算。

这个女孩，今良，成为长昭人生里真正交往的第二个女孩。

一个人真正爱上一个人以后，要忘记她重新开始，很费力。长昭剪短学生时代的头发，用板寸头加西装，混迹人群中，他交过很多女朋友，却不再相信爱。

◇ 3 ◇

长昭跟今良同居了，就像混在城市的所有青年男女一样，他们实现了生活和爱情的经济学。

原本嫌贵的房租因为双人承担，一个人吃的巨大鸭梨顿时缩小许多。日常的伙食费保持不变，但品种有了质的飞跃。

周末他们有能力吃吃西餐看看电影，甚至还可以参加户外活动。月末上网上银行查阅，存款不减反增。

变成情侣之后，今良也没告诉长昭，她遇到他的当天，挎包里自备了速溶咖啡跟蛋糕。只不过当她抬头看到长昭的脸，就决定跟他交换。那是一张挺认真的脸，并且很年轻。她的心，有一扇门，她自己从里面拉开了。

渐渐地，今良甚至惊讶了，这男孩比她曾有过的男友，强很多。过马路长昭会走在车开过来的那一边，长昭做起来很自然。有人把你的生命看得比自己更重要，你唯有以整个心，对等交换。

这世界上有无数个男孩，各类极品大把大把。

大概我手气好，撞到了宝，今良心里这么想。她愿意从此做个足够好的女友，直至成为他的终身伴侣。

如果一个人是宝，就应当被珍若拱璧。

◇ 4 ◇

2010年的4月，冰岛的火山爆发了。

北欧的国家都很小，搞得跟《红楼梦》里的四大家族一样，一荣俱荣一损俱损。冰岛火山喷发，芬兰的全国航空交通就瘫痪了。

今良在这一天看到新闻，她忍不住跟公司的同事闲聊，几座火山搞垮欧洲，那些讲述世界末日的电影编得还是有点合理的。

下班后再见到长昭，她发现长昭很反常。他一脸失魂落魄，像被施了巫术。

今良问他："你今天怎么了？难道像我们女生一样，每个月总有那几天？"

长昭收敛了表情说："今天被老板训了。"

这是长昭第一次骗今良。他不愿意骗任何一个女孩，这是他个人的信条。人生里有些实话可以不说，但不该口吐谎言。

只是，火山灰殃及大半个欧洲，长昭想起了他喜欢过的芬兰女孩。

还是在这一天，今良觉得自己理所当然应该做个像样的女友，在男友沮丧低落时，尽力抚慰他。她拉着长昭出门，去找长昭最爱吃的湖南米粉。吃完以后，两个人都辣得大汗淋漓。

今良一反常态说："从现在起，24小时内，你说什么我都同意。你可以行使特权哦！"

平时的长昭一向听从她。

长昭说："我想去旅行！"

今良愣了愣回答说："去哪儿？"

◇　5　◇

长昭没法忘记芬兰女孩，就像有光总有影，有记忆就有芬兰女孩的存在。他们手拉手在街头走，经过一条马路，她让他先过去，她要绑一下鞋带。就这样，女孩莫名其妙躺在了路中央，长昭回头时，地上有一团瑰丽的血。

这一幕惊心动魄，在长昭的脑海里挥之不去，鲜明深刻。

这些年他不止交过一个女朋友，包括今良，都是他的女朋友。然而，在他的生命里，女朋友跟恋人却不再等同了。

一年以后，2011年的春天，长昭出现在桥上，芬兰女孩站过的桥，背后的山脉，大块的天空，都到了眼前。

登机离境时，春日的寒气尚重。遗憾的是，今良却没有跟他一起来。他对今良那么好，如同今良对他一样好。

去之前的一个清晨，长昭忽然醒了。

之后，他发现今良把脸贴在了他的胸口上，很仔细地听着什么。是听我的心跳吗？长昭没有翻身，没有阻止。他以为今良在撒娇，依赖贪恋他的体温，不想起床。

但今良没有这个意思。她只是按着长昭的胸口，良久，她抬头用一种古怪的神情说："我真的很笨。我现在才明白，你对我很好，很用心。"

当然，长昭笑了，他说："当然，我会对你好，跟你好好过下去。"

"但是，你用了心，没有用情。"今良慢慢摇头，在她摇头的时候，甚至都没哭，绝望太深太重，哭是不够表达的。她什么都没发现，什么故事都不知道，但她的直觉探查到真相。

长昭沉默。

◇ 6 ◇

那个外国女孩并没有死。

发生在长昭十九岁那年的故事，像大多数异地恋的情侣一样，是以一方的变心结束的。

当天，外国女孩躺在马路中央，并且身边一团瑰丽的血，半边脸也烂掉了。然后，长昭疯狂地跑过去，眼泪刷的就奔出来。长昭手足无措地喊救人，半分多钟的时间不到，女孩忽然睁开眼睛，哈哈大笑起来。

她甩掉面具头套，站起身拍拍手，拉着瞠目结舌的长昭回到路边，摊手耸肩："跟你开个玩笑啦！"

大部分芬兰人都不苟言笑，严肃到无趣。如果不想发疯，就得自己找乐子。这个女孩还是个业余魔术爱好者，她是个怪胎，本国气质的叛徒。

她跟长昭说："我知道，你，非常，非常，love me。"

是啊，非常的爱，人一生里第一次的恋爱，倾尽所有，全无保留。然而这么认真，却变成了一个笑话。

这个女孩游荡了大半个中国，不断在电话里向长昭汇报她的行踪，游历和趣闻。

最后，她又回到长昭的城市，去长昭的学校找他，他们在外面找了短租公寓，同住了一个多星期。

当她回国后，约定下一次长昭尽快去找她。但是长昭没能做到。没多久，在视频网聊里，女孩跟她的新男朋友一起出现。他们的金发在阳光下分外耀眼，像可以刺瞎人眼的利剑。

这么悲哀，无以复加。

他的心，死去了四分之三。

十九岁时将长昭要得团团转的外国女孩，彻底俘虏他的身心和灵魂，但这女孩不属于他。

二十六岁时属于长昭的中国女孩，长昭眼睁睁看着她什么东西都没收拾，一个人孤零零地走掉了。

这异国如此之美，冰岛的火山灰不再牵连肆虐，最好的季节，山与水洁净无比，如同仙境，残酷的仙境。石砌之桥屹然而立，桥下流水知多少，多少人来过又离去。他闭上眼睛，翻过扶栏，将身体倾斜，向着河流中央纵身跃去。

◇ 7 ◇

你把你最完完整整的爱，献给了舍弃你的人。

对于后来者却如此吝啬如此保留，那么，你有何资格让后来者陪你走下去？你活该凄凉孤独。你只会用心，不会用情了，是个废材。

这人生去之何迅，一道闪电照亮又消失，一场大雾聚拢又散开，一次雪积又融掉。随随便便每天都有很多人死掉，来不及恨来不及爱。

不管今良会不会看见，长昭还是给她发了祝福和道歉的邮件。

更残忍的是，人会成长，发现自己的可笑。

所以，你应该去死。认认真真死一回。

回到陆地上，长昭捂住了脸，扯掉蹦极的绳索。他的四肢发软，脑袋里无数过往闪回。呼吸着寒冷清冽的空气，时隔多年，他再次哭了。他哭得很厉害，眼泪恣肆，夹杂在一群蹦友当中，是个天大的笑话。

这个胆小鬼。他们嘲笑他。

但他决定有生之年，认真对待自己的心，不再像个笑话。

他应该先爱上一个人，再跟她在一起。

成为勇敢的人，
成为直面自己的人，
成为懂得省悟的人，
是爱情对认真最大的奖赏。

替我问候你的猫

可也别忘记了，她最初是为了保护自己呀！

她难道要做一个独孤求败的李莫愁吗？

小野被自己这个滑稽的自嘲逗笑了。

她不愿意。

◇ 1 ◇

当时黄昏渐逝，光线消沉，夏天的夜闷热无比，小野在小镇街头的店子买了两把白色裁纸刀。

游客喧嚣，溪流边的篝火燃烧不止，火光耀眼通红。玩乐尽兴的人们彻夜不眠，醉了酒，困觉欲睡，自觉退后，退到村寨后面，到各种山间的民宿小旅馆去休息。

后来，小野还会梦见身下的木床传来潺潺流水的声音，以及小伙伴们的呼吸声，听着让人失眠，又很催眠。

◇ 2 ◇

大学毕业找了工作的小野，会按时上下班，以及在下班以后，去附近的超市买一条鱼。然后，她让卖鱼的师傅帮她杀好鱼，将鱼肉块沉甸甸地包装好，从水箱水柜那边递过来。小野再要求师傅把鱼鳃之类的装了附赠给她。

她养了一只大猫，名叫花无缺。

为了解决猫的吃饭问题，小野有时候红烧鱼块，有时候清蒸，有时候做出丸子，还有时候干脆干煸。

作为一个一天只在晚上吃一顿的猫，它津津有味地与小野分享鱼的全部。在感冒休假的一个下午，小野才搞清楚，为什么像她这么养猫，猫居然不瘦。灵巧地跳跃过窗户，顺着晾衣竿飞纵而下，猫熟练地凑向那只花红柳绿的搪瓷盆子。

偷偷喂猫的男人瞥一眼小野，转身回房。

小野意识到她被轻慢地鄙视了。逆光的角度，她没法看清楚那个男人的完整模样。但模糊中，她有一种奇异的感觉。

于是小野隔空喊话："花无缺，回来。"

"你干吗把猫管这么严？"男孩说。

"我的猫你凭什么多喂？养那么胖你知不知道对它的健康不好？"

隔空回话的嗓音很没脾气："有些人没条件养猫又硬要养，那么怕寂寞就找个男朋友啊！养猫解决不了根本问题的。对了，替我问候你的猫。"

小野语塞了一下，反手打一下猫，猫"喵呜"一声，蹿上高处。

回话的时候男人端着一只大汤碗，拿着不锈钢汤匙，哧溜哧溜又吃又喝。这男人还冲着猫展开引诱："喂，煮得又香又烂又甜的山东大花生，想吃吗？"

猫可不是狗，忠诚可以当饭吃。那货飞奔而去，张嘴就吃。跟男人混得一片融洽。一瞬间小野想起了她买的那把裁纸刀。

◇ 3 ◇

韩楠、小野、笼绿跟李庆健两男两女睡在小镇的那个晚上，一切复杂又简单。四个头脑热血又青春无畏的大学生，在豆瓣上呼应着发起外省游。出行计划履行地非常顺利，他们顺利地碰头了，乘车一起抵达目的地。

游在溪涧和木楼之间，每个人都吃了很辣的食物，还喝了当地的米酒。房费被分摊到最低，安全也要第一。小野买了两把裁纸刀，一把塞在自己的枕头下，一把给笼绿。

笼绿边笑边试验了一下，报纸遇刃而裂，这个看起来很傻很天真的女生就惊叹地喊道：“好锋利啊！”

不过到了半夜，小野被身旁的动静吵醒，她装睡，看见笼绿扬手一下，裁纸刀就被抛出窗，笼绿跟李庆健抱在了一起。笼绿还冲着坐起身的韩楠说：“你别乱来，小野有刀的，不像我。”

韩楠就笑骂一句：“就你刚才丢的那种刀？那可不管用。”小野翻个身，抓紧裁纸刀。她是偷偷给了笼绿刀，但笼绿出卖了她。过度的信任，真的就变成真正的天真了。小野后悔自己的轻信和友爱精神。

事实上见面、同游，同游前聊天，交换照片，他们本来就各自有好感，只要慢慢来，迟早玩到一起。小野在韩楠靠近她的时候，挥了一下手臂。下半夜就乱七八糟了。韩楠用光了一盒创可贴，每个人都默不出声。天微微亮小野第一个出了房间，闪人。

这事情，小野当成人生里一条对男生的认知经验。也许，还是一条重要的经验。虽然，这经验闪烁着破坏之光，让那些自少女时代而来的憧憬和想象，破碎了。

他们很急，真急。像是饿坏了的猫，一旦遇到食物就迫不及待，闹心闹肺地想要。

后来小野正式交往了一个男生，就像看一幕话剧，出尽百宝住到了一起后，清理东西时男生很奇怪小野干吗带着一把生锈的裁纸刀。

“喂，是这样的。”小野笑着解释，“我喜欢你啊，愿意跟你亲亲热热。但是呢，我不想的时候，你可就不能任性。”

过后，这个男生的胳膊上像打着补丁一样包扎了，他满腹闷气要跟小野分手。被惊吓到的男生，嘴巴不是很紧闭。人遇到超出想象和经验的事情，就会变得乱糟糟的。

总之，小野的名声就变得好笑又恐怖了。就像某个电影里的说法，春十三娘的桃花过处，寸草不生。小野也拥有了同等待遇的说辞，小刀过处，小命不保。传闻总是添油加醋变本加厉。

该怎么说呢？小野第一次挥刀真的是惊慌中的自保而已。当时的脑袋里也没有什么想法，纯粹是出于生物本能的戒备之心，警惕之心。而第二次，第三次，就好像开戒的出家人干脆大啖神仙肉。

第三次是小野晚上出去买碗面，遇到拦路的劫匪，她挥刀吓跑了那个装腔作势的胆小鬼。是的，她可以自己保护自己。

那男人说得对，她养猫当然是因为讨厌寂寞。

这几年她没敢再找男生，男生也不敢找她。

命运真邪恶。

◇ 4 ◇

一个人跟另外一个人建立起亲密的关系，有时候就像背靠在墙上，脚踩在地上，心中很踏实。

花无缺开始由那个男人专属照料，小野不再付房东房租。距离太近，搬家也特别方便。

就这么回事，搭讪有千百种花样，结果只有两种。小野像个心思凝重的小孩子，紧盯着这个男人。而这个男人与她一起完成同居生活。他们喂猫，吃饭，上班，接吻，拥抱。有时候男人回头望向小野，像在望一棵树到底怎么成长、怎么开花、怎么结出这样的果实。

小野则仿佛在期待，偏偏她的期待一直在落空。然而这落空她却并不难过。

她携带的裁纸刀，刻度分明，尚有七成新，廉价但实用。小野还是没能用上它，因为小野没遇到那种觉得勉强不开心的时刻。这个男人对她很好，嘴巴挺贫，但君子动口不动手。如果要动手动脚，那就是小野心甘情愿的两情相悦。

至于猫，作息饮食日渐规律，愈发一脸福气。小野的时间忽然变得充裕。她多了闲心会给猫拍照，然后发到网络上跟人分享。在镜头里猫被迫扮演各种角色，摆出各种pose。然后赢得一片文艺小男女的追捧。

裁纸刀本来的功能，其实也没有荒废。收信收快递包裹，小野手起刀落，干脆利索地划过，割开，包裹得再扎实严密，也能轻易分解开。小野的刀法越发精湛，绝对排进一流高手的队列。

她跟这个男人住在一起满一周年的时候，小野收拾垃圾，裁纸刀日常用久用多了，终于钝磨殆尽，被她与垃圾一起扔掉。不知道为什么，她有一点点难舍的惋惜。

扔掉之后的一个周末，小野再见到故人。

在周末他们一起散步，小野认出了卖化妆品的笼绿。笼绿在人群里分辨出他们，然后露出大惊小怪的神态，她嚷出困惑的质问："你们，你们怎么会在一起？韩楠，你不怕吗？"

"怕。当然怕，是个男人都怕。"韩楠怪笑了一下，幽默感直奔下三路。

◇ 5 ◇

一个男孩被锋利地留下疤痕后，怎么会不怕？怕得要死。低头看看胸口，惊心动魄。

年轻的韩楠真的挺喜欢当年相约同行的小野。他准备了告白，准备了循序渐进。但是，男孩容易被其他男孩影响。尤其是，当他看见另外那对轻而易举就搂抱在一起。

真的，说是一种模仿也没什么不对。当笼绿象征性地出示了裁纸刀，再对着李庆健投怀送抱，韩楠心里就像是塞了一只着火的兔子。

那种呼吸急促的记忆，证明了荷尔蒙在全力鼓舞他。

在这种本能的鼓舞下，他猪油蒙了心，带着粗野的蛮横凑近了小野。

◇ 6 ◇

世界上的事情常常像钻石，不同角度看完全不一样。

站在女孩子的角度，事情是这样的。小野的表现和反应，非常合情合理。她只是给了韩楠一个教训，你喜欢一个女孩子吗？你真的喜欢一个女孩子，你再想得到她，你还是得尊重她。

小野没法告诉任何人，她在返程路上，有多么难过，多么茫然。怎么会这样呢？她自己也没想到自己会出手。

为什么她不能像笼绿那样呢？为什么呢？

也许有的女孩比较放松随便，但有的女孩相反。不能够因为别人怎么样，你就得怎么样。不管是先天基因，还是后天家教，总之小野是一个认真的人。

她更加没想到的是，为此她得承担一系列麻烦的后遗症。为此，她要度过很多个可恨的日日夜夜。

时间让男生变成了熟男，重新出现在她面前。

时间也让小野开始反省。挥刀的确是一件很快意的事，看见男生露出战栗恐怖的表情，让她有一种自身足够强大的判断。让人迷恋的快意是有魔力的。

可也别忘记了，她最初是为了保护自己呀！

她难道要做一个独孤求败的李莫愁吗？

小野被自己这个滑稽的自嘲逗笑了。

她不愿意。

◇ 7 ◇

韩楠也没法告诉任何人，小野那一刀，划开了他胸前夏天所穿的薄薄的棉T恤，以及胸口的皮肤。

他对女孩子有阴影了。当他半年后试图接近又主动又顺从的女生时，他发生了一些羞愧无能的事。很快，他把两件事联系起来，搭积木一样，构成了详细的前因后果。让年轻的男生焦虑和畏惧。

他在小野那得到了阴影。他的良好外表，像个纸上谈兵的笑话。为此，他去找了心理咨询师。

大概他找的是一个水平不大优的咨询师，来来回回很有一段时间的疗程面谈之后，效果仍然不明显，韩楠放弃了。

不过他在咨询师那里翻看了一些书，很专业的书里，也有一些很通俗的说法。比如面对、解决、放下。

随着小野毕业、求职，她成了单身女白领。

韩楠同样成了一个孤独的男白领。

严肃又痛苦地考虑再三，他决定去面对，不惜辞职。本来，小野变成这样他是最大的责任人。所以，韩楠带着触目惊心的回忆，又来找小野了。如今这时代，要找到一个人，真是不难。他甚至没有发动人肉搜索，只是顺藤摸瓜搜索一番，韩楠就搞清楚了小野的行踪。

出于安全第一的意识，他小心翼翼观察了小野一段时间，在喂猫事件之前。

看着她买猫，喂猫，下雨回家，自己做饭，身边空荡荡的。韩楠酝酿了足够久的勇气，发动正面交锋。

在他们终于因为喂猫事件打了个久违的照面时，小野认出了韩楠。

很多个为什么盘旋在小野的脑海里，就像这个城市里最大的湖，湖面飞翔着无数只白鸥。

但是她很快想清楚了，她得原谅，原谅男孩们的冲动，也原谅自己当初的坚定、凌厉。否则，她就真的要变成独孤求败了，还是女版的。

“问世间，是否此山最高。或者，另有高处比天高。论武功，俗世中不知边界高。或者，绝招同途异路。”

扔掉那把实体的有形的裁纸刀，像个真正的高手，无形之刀，裁决心结。绳结迎风而散，化为尘埃。

小野哼唱着，扬手，打车回家。

高手也要吃饭。物价飞涨的年代，他们在超市买了很多打折的菜，打算回家自己动手。而他们的猫，在阳台眺望主人，等待着美味的晚餐。

人类对本能的厌恶，
恰恰在于掩饰渴求，
压抑自我。
跟有情人做快乐事，
构成完整的爱。

天亮以后完成仪式

元子以为郑博会反问她，那你是哪种人呢？结果他没有。他只是搂住元子的腰说："你得多吃点，不能再瘦了，再瘦就变成长颈鹿了。"

元子就笑了，默默在心里造句：嗯，失恋有时，再恋有时，河马有时，长颈鹿有时。

郑博问她："你怎么不问我跳化粪池是不是真心话呢？"

◇ 1 ◇

十年后再去动物园时，郑博是一个人。他又来到曾令他害怕的湖边，发呆了很久，然后将视线渐渐移到头顶的天空，也想了很久。

十四岁的中学生郑博混在全班学生中，由老师带队来参观动物园。当同学们继续前进，他去买了一瓶汽水，途中经过了园中的湖，湖上漂来一只死掉的猴子。他的手和腿都软了，汽水就全部泼洒在地上了。

这件事他没有对任何人讲，那一刻他觉得他的童年结束了，以见识到生命的湮灭为标记。那种震惊不安不可言说，唯有缄默。后来他就再也不来动物园这种地方了。

重返动物园的三天前，他收到了女孩的祝福。

他们吵架分手没多久，女孩就跟别的男人结婚了。他们交往了三年，本以为还能继续走下去，没料到忽然就收尾了。女孩希望他不要出现在她的婚礼上搞破坏，因此她祝福他重新开始，找到更好的人。

其实这话也可以反过来理解，那女孩觉得自己找到了更好的人，所以舍弃了郑博。那女孩本该了解他的，但为了自己的幸福，她小人之心了。

二十四岁的郑博觉得自己是气球，恨与绝望不断膨胀，令他无所适从。他走遍了这个城市所有涉及美好记忆的地方，痛苦越发郁结至深，最后他来到了动物园。

◇ 2 ◇

元子的想法很简单，当她将自己挪动到池子中央的深水区时，沉下去，就不起来了。为了保持最后的尊严，她佩戴好泳帽，收纳好头发，穿了黑色背心，外面罩了一件绿色的上衣。

后来她旁边的浅水池里有个小朋友，在兴奋地大声嚷嚷，有河马，有河马，绿色的河马啊。

就这样，元子被拖回泳池岸上,一个大叔拼命按压元子的胸腹，给她做人工呼吸。元子咳嗽呕吐出吞咽下去的水，哇地哭了。那大叔对元子说："怎么这么不小心？不会游还跑到深水区，幸好发现得早，你又比较胖，不然你就淹死了。"

做过前台小姐的元子曾是个瘦子，失恋后吃成胖子，她不能代表公司再给客人留下良好的第一印象。人生完全loser的元子，被公司辞退，生无可恋。她恨那个小孩子。在游泳馆的出口，元子浑身湿漉漉地坐在那里，等着那个小朋友出来。她要报复他，告诉他，绿色的河马半夜会去咬掉他的舌头。

◇ 3 ◇

被救的元子，在领教过死之恐惧后，再也没有勇气犯傻。为了不让人发现自己去游泳馆其实是计划自杀，元子开始频繁地去游泳池，主动找人教自己游泳。

她就是这样认识的郑博，用了一个秋天，元子学会了游泳，也顺便从臃肿的河马变成了修长美丽的长颈鹿。郑博从好心的游泳老师变成了男友。之后他们住到了一起，过了一整个寒冷的冬天，看了一部叫作《爱》的电影，度过了第一个情人节。

元子跟郑博看的第一场电影是《爱》。电影里，彭于晏扮演的男孩，一时意乱情迷搞大了女友的好友的肚子，女友心碎了。为了挽回女友的心，男孩跳了化粪池。

看到这一段时，元子问郑博："你会为了我跳化粪池吗？"郑博反问她："那你会开着车冲出悬崖坠落大海，跟我同归于尽吗？"

元子说："我会。"

郑博说："我也会。"

听到了对方的答案，两人一起笑起来，笑出了眼泪。出了电影院，元子靠在郑博的肩膀上，推翻了自己的话："我跟你说，我刚才是跟你开玩笑的，我不是同归于尽那种人。"

元子以为郑博会反问她，那你是哪种人呢？结果他没有。他只是搂住元子的腰说："你得多吃点，不能再瘦了，再瘦就变成长颈鹿了。"

元子就笑了，默默在心里造句：嗯，失恋有时，再恋有时，河马有时，长颈鹿有时。

郑博问她："你怎么不问我跳化粪池是不是真心话呢？"

◇ 4 ◇

有一天元子提出，一起养个宠物吧，郑博毫不犹豫地答应。他们下班后，一起去宠物店挑选，从兔子到仓鼠，从萨摩耶到喜乐蒂，最后才决定了，买一只猫。所有的宠物都有属于自己的名字，他们商量了很久，翻着字典寻找朗朗上口又漂亮的词，却始终不能达成一致。

某个晚上，他们面对面躺着，猫静静地蹲坐在他们之间。郑博忽然提议，不如给猫取名金枪鱼吧。基本上所有的猫都痴迷妙鲜包，而妙鲜包的主要成分是金枪鱼。这是一种奇妙的命名逻辑，元子那一瞬间，被一种难以言喻的情绪击中了，她说："那好，就是这个名字了。"

此后每当元子给金枪鱼喂金枪鱼吃的时候，心头总会涌起怪异的感觉，这种怪异感，仿佛一个人睡了很长很长的一觉，醒来不得不独自坐了很久。

郑博从元子的房间消失后，元子独自将金枪鱼送回宠物店，世界的确太小了，她又遇到了那个叫她河马的小朋友。那天，她没有在游泳馆门口等到那个小孩子。要么他在元子接受人工呼吸时已经离开了，要么是元子等他的中间，走神放过他了。总之，元子后来一直没在游泳馆再遇到那个小朋友。

时过境迁，元子当然早已经打消了报复的念头。不过，这个小孩子却记得元子，他说："河马姐姐，我认得你，虽然你的样子变了。你为什么不要这只猫了？"

元子微笑着回答："是我，好久不见，你也长高了啊。"她回避了小孩子的探究疑问。

"那，你能不能把猫送给我呢？就作为你对我的报答吧！"小孩子看着元子说。

◇ 5 ◇

十四岁时的阴影，是彗星的尘埃尾巴，那种恐惧扫过心头久久不散。可是人总在长大后，发现这世界上的生离死别格外寻常，又岂止是动物园里的一只猴子？

隔了十年，郑博才发现自己欠了猴子一样东西，他得补上。即便他们相遇前毫无交集，全然陌生。

所以，重返动物园之时，他站在小时候害怕的湖边，把那样东西补还给了它。

星期六的动物园，四周一片喧哗，孩子骑在大人的肩膀上，情侣们手拉手，日光下万物都那么和乐融融，二十四岁的郑博默哀了半个小时。五分钟给猴子，二十五分钟给自己。

吃奶嘴有时，进棺材有时，相恋有时，告别有时，诞生有时，结束有时。大多数人都这样，一个生命或者一段关系完结了，会强迫自己飞快扭过头转移伤痛，匆匆忙忙扑向新的生活，唯独忘了最初的深爱需要有最后的仪式，这是潜藏大地的等价交换原则。

当郑博哀悼过动物园里多年前逝去的生命时，哀悼过自己确凿无疑失去的恋人，风吹干了他脸上的泪，他对着半空挥一挥手，转身离开了。

◇ 6 ◇

元子把猫送给了那孩子，如果不是他，她早就死掉了，所以她应该报答。但如果一个小孩子都能看出来，当时的她怀着求死之心朝水中央奋力挪去，那么郑博当然也看出来了。

郑博离开元子的那个下午，留了一封信。如今很少有人再用手写信了，元子把那封信，折叠成最小体积的纸团，紧紧地握在手心，去了宠物店。

郑博在信里给元子讲了一个一段往事，关于一个少年在动物园的偶遇。以及，他其实不会为元子跳化粪池，因为即便他跳了，人生中的某些事情元子还是得自己去完成。就像是电影《爱》里面，少女哀伤的心终于被挽回，并不是靠男友跳了化粪池。

元子从来没有忘记前男友，她一直在偷窥前男友交的新女友的微博。那女孩所享受的，是元子不曾得到过的。当那个女孩收到一只猫作为礼物，元子也向郑博提出来养一只猫。

送走猫的那天晚上，元子在夜里醒来，她走出家里，沿着街道一直走，她找到一家24小时便利店，买了一瓶弹珠汽水。

那个夏天，男孩给她买了一瓶当时好玩够潮的弹珠汽水，喝完后，她爱上了那个男孩。

弹珠是圆的，在本地方言里，圆球状的食物也叫元子。

她就变成了男孩嘴里的元子女孩，不，应该是元子女友。女友再变成前女友，这个昵称她一直沿用下来。喝弹珠汽水的元子，吃金枪鱼的猫，名字叫金枪鱼。爱情有另外一套逻辑。

她打碎了汽水瓶，取出那粒玻璃弹珠。

天亮后，她去了游泳馆，用郑博教会她的方法，吸一口气憋住，轻轻地潜入水中。

透明的玻璃弹珠被送进暗无天日的深水区下方，敛去微光，在那里的隔层，它将不会妨碍任何人，不朽不腐，代替元子完成仪式。

忘不掉一个人，
说明你需要一段仪式。
完成仪式，
得以告别。

我把错过喜欢过了

然后他的老同学留言取笑他，一边慰问一边毒舌讽刺："所以呢，你要去找她吗？把人家小姑娘的心骗到手吗？"

他回复说："算了吧，人海茫茫，物是人非。如果当时在一起，什么美好的印象都得破坏掉。"

◇ 1 ◇

小谷上班的店在大学门口。店子主售炒饭，豆豉、蒜薹、咖喱、五香，川味麻辣、沪上甘甜、广式烧味，写了一百多种口味的小牌子，密密麻麻地挂满半面墙。

她负责接听电话，记录外送单。每天固定重复同样的话，请问要什么口味的？送到几栋几号什么名字？饮料要红豆沙还是绿豆沙？

她喜欢自己的工作，做得挺开心。

接听过同一个声音，被这个声音吩咐过几百次要什么炒饭，小谷记住了江治这个名字。江治是那种打电玩打到旷课废寝忘食的学生。在想起来该吃点什么的时候，就选择叫一份炒饭外卖。这种男生在大学里一抓一大把，他们努力把青春献给了游戏。

人和名字对上号，是因为江治出现在店内，他拿出积分卡很骄傲地说，今天我都请了，吃饱了好通关。他积了一千分，可以兑换十份炒饭。那群男生斗志昂扬地选了店里最大的桌子，狼吞虎咽的男孩们浑然不觉自己的吃相有多难看。江治起身向着柜台走去，拍着柜面急切地索取：喂喂，我用不惯勺子，我要叉子。

小谷递给他叉子。

这么急切的男孩，看了一眼17岁的小谷，他忽然很多余地微微一笑，转身回到伙伴身边。小谷觉得她的心中有一座缓慢砌出的城池，千砖万瓦，一字一句。然后洪水到来，倾城崩溃。一个人的微笑，竟然是另外一个人心间的洪水。

她期待男孩常常来。但男孩不会常常来，他仍然常常打电话给她，只不过，他会多扯几句：“哦，小谷，我的红豆沙要新鲜的，不要冰柜里放了几天的，拜托啦！”

当然，她一定给他安排最新鲜的红豆沙，因为他记住了她的名字。

◇ 2 ◇

暑期的生意门可罗雀，但17岁的小谷情愿薪水折半，也要留守店内。她等到了男孩的第二次出现，他旁边的女友跟他分吃一盘凤梨鸡丁饭。他们吃得很慢，相对无言，最后女孩抬头说“谢谢”，然后先走了。男孩望向小谷，哭了。

小谷看得痴了。后来她才明白，毕业也是情侣的天人五衰时。然后他们再不能快活似神仙，他们丰姿枯萎，逍遥瓦解，各奔前程。

到了夏天末尾，城市的改造规划下来，整条街要被拆除。

这是真正的摧枯拉朽，巨大的机械一路所向披靡，所到之处，灰飞烟灭。覆巢之下无完卵，炒饭店也关张大吉，员工被遣散。

她还是忍不住沿着炒饭店的原址找回去，在不断清理而逐渐减少的瓦砾中。小谷仰起头，左荒原，右废墟，叉子在胸间。她忽然觉得自己的整个人生，告别了过去，自此以后截然不同。

叉子在胸间？嗯，是的。当时小谷做了一件微不足道的事，她偷了一把叉子。这把叉子极为普通，在十元店的小铺子售价也不过是三元。她用心擦拭，洗净，再以手帕包裹好，收起来。

◇ 3 ◇

在17岁的末尾重返家乡小城，重返学校的小谷，默默无闻，她的用功在所有人的用功里，平淡无奇。压抑阴郁的高中氛围里，只有在每天吃饭的时间，能得到短暂释放。

然后，她考上了百年名校，那所用美国庚子赔款建立的学校。她没有给家长或同学一个惊喜或惊吓的想法，她只是做了该做的。

事后的总结就比较有趣了。为什么她能考上名校，因为她懂得拼命，你们还记得吗？她总是吃饭很慢，挖一叉子吃一口饭，一边还在看书，叉子还含在嘴巴里。同学甲这样告诉同学乙。

然后同学散若蒲公英，你的人生，我的旅程，大家的陌路人。小谷没有心情去写同学录，去联络，以作他年怀念。她的傲慢，低调无比，但有目共睹。

她匆匆忙忙，从家乡小城，去往更大的城市。

大二的冬天，班上的一个男生送给她一条围巾，亲手织的。小谷收下了那条围巾，虽然它看起来像一条制作失败的麻花。然后，在男生请她吃麻辣火锅的时候，她围着麻花如约而至。当腐竹、土豆片、冬瓜条、香菇纷纷赴汤蹈火，男孩忽然举手叫服务员，再来一盘麻花。她忍不住笑了。

能够令一个女孩笑，男生多半会以为自己成功了，但其实，他失败了。小谷坚持到最后吃完的一刻，然后，她闪电一般冲向柜台，买单。

她只是想尝试一下，一个人的心里，装了一个人，是否还可以容纳下其他人？

◇ 4 ◇

小谷在广州的那家公司霸占了最大的格子间，紧挨着巨大的窗户，在19楼的高度望出去，天空的光，云朵的影子，都有点触手可及的意思。唯一遗憾的是，她的背后就是老板的办公室。不过，她应付自如。

在江河湖海飘过，自然比同龄人多明白一些道理。22岁的小谷在大学毕业之前，就已经实习、兼职、打工，积累。所以在24岁的时候，她更早得到老板的赏识，获得想要的职位。

在这栋高耸入云的写字楼里，小谷继续认真学习，她变得精致，像瓷器，像玉盘。她的银行卡里，存款已经达到了一个数字。这个数字，超过了当年她有过的念头，攒够钱，开一家炒饭店，就在原店原处。

但是，她并没有回去开店。

◇ 5 ◇

生日那天，照惯例小谷给自己买了蛋糕。

那只不锈钢叉子她仍然带在身边。这些年她很辛苦地保持外形身材，只在每年生日给自己买一块小蛋糕，食用时，应该使用那只叉子。

也有男孩向她表达过疑心，是不是初恋送给你的？还有人送一只叉子给女生啊？小谷回答是。那些要她丢掉叉子的男孩，小谷都跟他们说了再见。后来，她交了一个德国的男友。三年后她正式入籍。他们没有要孩子，他们友好分手了。在小国家沉闷漫长的昼夜交替中，小谷睡得特别少，这导致她只做很有限的梦。

她梦见了头悬梁锥刺股的求学生涯，梦见了收集每一个别人喝过丢掉的可乐杯子，换十块钱，梦见了厌学厌倦一切的16岁的她主动退学，一个人无所畏惧地找租房，找工作。她还梦见了请她吃火锅的男孩，和那条别扭成麻花样的围巾。分手的人，拒绝的人。

这些人，交出了自己的心，烹饪成菜肴，盛以银盘，送到她面前。那些被她品尝过的心，咬过一口，不是滋味，她便弃之若敝屣。

17岁的坚定志向，她在24岁就不再执着。她终于找到了江治的讯息，他的个人空间里，陈列着逐年的记录与照片。

一个人度过十年，需要十年时间。查阅一个人的十年，只需要十分钟。

他读完大学，进了公司，又辞去工作，去攀山。他说失事以为要死掉的时候，的确是放了电影一般回忆起小半生。包括，炒饭店那个可爱的小姑娘，她看见他最失态的哭脸。那一刻，他甚至觉得小姑娘看他的眼神，是喜欢他的。

然后他的老同学留言取笑他，一边慰问一边毒舌讽刺，“所以呢，你要去找她吗？把人家小姑娘的心骗到手吗？”

他回复说：“算了吧，人海茫茫，物是人非。如果当时在一起，什么美好的印象都得破坏掉。”

◇ 6 ◇

回国，回到那个城市，那所大学附近。那条主干道上，以往的店子全不见，代替以高楼和精致的店子。原址对面的蛋糕店，小谷，啊不，她不再是小谷，只在少女时代她才被这样称呼。27岁的徐谷，在生日这天，给自己买了一份经典芝士蛋糕。

坐在店子里的靠窗位置，当她掏出自备的叉子，店员转过身，尽力忍住笑意。横跨十年，不锈钢的叉子闪着冷硬的银白色光芒，质地不变，不被腐蚀，也不曾变形。但它的样子变得过时土气了。

她多么想呈上自己的心，无论如何，请他试吃一口，就用这把叉子，他曾经用过的叉子。然而，他说人海茫茫，物是人非。他说得很对，完全没错。

吞咽下最后一口咸甜混合的蛋糕，徐谷泪盈于睫。

当时，当天，她手抓着一把纸巾，却始终没能走到满脸是泪的男孩身边，递给他。

之后，男孩走出炒饭店。她仍然没追赶上去，喊住他。太年轻时，人容易高估，也容易低估命运。

因为沉默，所以错过。

她想起了某个诗人说：“我把活着喜欢过了，我把悲伤喜欢过了。”

徐谷对自己说：“我把错过也喜欢过了。”

她走出了蛋糕店，将叉子丢进路旁的垃圾箱。她向着马路走去，向着远处的的士扬起手。

多年后的江治走进蛋糕店，他习惯在这家店买全麦面包早餐配牛奶。他的家就在这蛋糕店后面的一片小区。

他不是这个城市的人，但这一年，他把房子买在了母校对面。这里有他的青春与恋情，有他的最初与过去。他记得那双眼睛，但无法在这个世界上再找到那个女孩，错过就错过吧。他打算，就住在这个地方。

不想破坏美好，
只想收藏一段回忆。
这是千百种爱情中的之一。
存在即合理。

给你一张过去的电影票

那一路，她和男生都沉默了，那条路眺望尽头不觉得漫长，他们两人却似乎怎么也走不完，半路，男生送广末上车，挥着手跟广末说再见。就这样，他们再也没见了。

既不是男生不够好，也不是广末不愿意跟他展开交往。

广末独自坐在公交车上时，忽然很想哭，但她却一滴眼泪都没能流出来。

◇ 1 ◇

在特定假日的那天，广末去了那间最常去的电影院。她要去看那部号称“在世界末日之前温暖你”的电影。

因为倒春寒，那天下了雨，她还是带上伞，风雨无阻。检票前，广末买了一份双人的零食套餐，她坐在第三排的12号。放映厅里的人不多不少，男女老少各色观众都有。

不用等到最后的字幕出现，广末也可以确定，人的一生走到尽头，有人陪在身边，仍算福报。广末默默地吃着爆米花，喝着汽水，然后她突然就把吃掉的东西都吐出来了。相比起难堪、衰老、潦倒，这个世界上最寒冷的是猝不及防的告别。

所幸广末吐到了原先的爆米花筒里。当时，男孩在她旁边拍她的背，广末剧烈地咳嗽，呛出眼泪。然后男孩给她纸巾擦嘴，将自己的黑色双肩背包丢在座位上，弯着腰轻手轻脚走出了放映厅，他将呕吐物带走。回到座位上时，坐在广末后面的老人问那个男孩：“你女朋友怎么了？”

男孩转身看着老人的眼睛说：“不好意思，她胃有点不舒服，影响您看电影了，实在是抱歉啊。”

老人原谅广末时，刘德华正在告诉服务员：“我像开出租车的吗？我是修空调的。”

电影院里有人哭有人笑。广末侧着头深深地看着那男孩，将头靠在他肩膀上。散场后，他们在人群里走散。

◇ 2 ◇

顾湘给广末去买零食的那天很拧巴，他跟销售员为了找零钱僵持了5分钟。广末打给他的电话他也没接。这个固执的男孩，坚定地拒绝了店员的借口，强调说要么买16元的东西，找给他4元。要么他一样都不买。

事实上，他已经计算好了，那4元用来给广末买一瓶3块钱的橙汁，给自己买一瓶1块钱的矿泉水。

最后顾湘拿着20元的纸币，急匆匆地穿过马路前往另外一家店子，再急匆匆地回到马路这边时，他被一辆出租车撞倒，手里拎着的零食撒了一地。

广末很想在电话里告诉顾湘，电影快开始了，如果还没买就别买了。但是她再也没法做到这么简单的小事情。世界竟能如此残忍，如飓风摧枯拉朽，广末措手不及。

在顾湘的葬礼上，广末茫然地像个木偶，她目睹顾湘的父母一再瘫坐在地上，哀哀痛哭，只觉得生命如此无常，令人不知所措。他们没有迁怒移恨广末，因为广末也是间接的受害者，所以他们同意广末来参加他们儿子的葬礼。

她低着头挨到葬礼结束，也不知道是怎么回到学校的。在广末度过的剩余的一个半学期里，她拿到毕业证和学位证，并且找到工作，没有人再跟她提起顾湘这个人，哪怕是名字。同学和老师小心翼翼地绕开广末，仿佛她是一口深不见底的井，靠得太近便会掉入漆黑的哀伤中。

当然，也可以从正面的角度去理解他们。他们只是不想触碰别人的伤口，秉持人性之中那微小而温和的善意。

广末很孤独。这种孤独非比寻常，又难以言喻。于是，她每周都会去看三场电影。每次都尽量选在没有什么观众的时间段，以及尽量选择第三排的12号。

顾湘出事的那天，他们也是去看电影，像所有的情侣那样买了连号座位。然后广末让顾湘去买零食。

◇ 3 ◇

毕业后广末去了外地，在一家建筑公司做监理工作。她是一个工科生，每天跟不同的报表、材料、价格打交道，以及熟练地掌握着一些日常生活中，人们用不到的术语。比如喷砂去锈。

广末在友人的介绍下，跟一个比她还小一岁的男生约会。那顿饭吃得很轻松，男生抢着买单，他们还约好了下次去吃地道的重庆番茄鱼。

其实广末心想，如果他还愿意第二次见面，那么就值得认真对待。她去商场买了高跟鞋，处理好头发，微微化了一点妆。

唯一没料到的是，那男生也是第一次吃那家具有高度民间美誉的餐馆。他们穿过了坑坑洼洼还没修整好的马路，在一片返建房的丛林中，好不容易才找到番茄鱼馆。

吃鱼的时候，男生说很想多了解一点广末的职业。于是广末提到了喷砂去锈。

关于喷砂去锈这个名词，他们开始聊起来。那名大学里主修文学的男生说："我怎么就想起了磨砂洗面奶了呢！每次我用那种洗面奶，都觉得脸上像要脱掉一层皮，就跟夏天的蝉蜕皮似的。"

当时广末笑了。这男生的幽默感卖弄得恰到好处，他说得也没错，只是广末从来没有从这个角度想过，工科生不擅长这么感性的言辞，所以她只能觉察到，却无法说出来。

最后，广末主动买了单，从小餐馆出来，她跟男生一路步行。

想象一下，那些看起来普普通通的楼房配件，也要经过无比惨痛的过程。剧烈的沙子喷在物体上，逐一去除表面上的污物锈渍，比喻成蝉，则是极力挣扎，以求新生。广末的心脏，开始隐隐约约疼痛起来。

那一路，她和男生都沉默了，那条路眺望尽头不觉得漫长，他们两人却似乎怎么也走不完，半路，男生送广末上车，挥着手跟广末说再见。就这样，他们再也没见了。

既不是男生不够好，也不是广末不愿意跟他展开交往。广末独自坐在公交车上时，忽然很想哭，但她却一滴眼泪都没能流出来。

◇ 4 ◇

广末认认真真念书，认认真真上大学，认认真真遇到一个男孩，然后认认真真跟这个男孩交往。

在目睹到同宿舍的女孩失恋而痛不欲生时，广末发现，她已经跟顾湘交往到了第三年。

吵架最严重的那一次，他们在大街上互不理睬，背道而驰。但是那天晚上，顾湘来找她，约她去看电影。在漆黑的电影院里，她忽然心头涌起某种旷大的悲伤。她无心去看大银幕，而是趴在顾湘的膝盖上，久久不语。

即便是再认认真真去爱，即便恋人此刻如此温柔，也不可能保证所有不可知的未来。顾湘不断用手抚摸着她的头发。他的掌心那么温暖，仿似寒夜的炉火，直至广末不再流泪。广末发现自己一夜之间长大了。

他们相互驯服着对方，努力使对方进化成为更好的人。

然后，没有多久，顾湘死掉了。

广末在悲哀中绝望。

迅捷猛烈的死亡带来的冲击，远比平缓漫长的陪同到头，更加深重。当时的茫然，要到事后才缓慢释放出巨大的痛苦。以至于，她甚至无法跟另外一个男孩顺利走完一段路，只走到一半，他们就分开了。

◇ 5 ◇

顾湘死后的第三年，广末又去了那家名为时间的电影院。电影《桃姐》里，一个老头吃饭时发现自己戴错假牙，于是跟另外一个老头换回来，然后放进干瘪的嘴巴里接着吃。

广末反胃，吐了。她边吐边咳嗽，她吐得胆汁都要出来了，被酸水呛到眼泪满脸，没能看清楚“男朋友”的脸，那男孩围着黑色的围巾，遮盖住了大半个脸。

她甚至不知道她的“男朋友”姓什么叫什么做什么，年纪多大、月薪多少、身高几许、有没有不良嗜好、会不会根本就不喜欢女生。因为她根本就不认识那个男孩，也不是跟那个男孩一起来看电影的。

电影结束，人潮汹涌，出了大门，广末就跟那个男孩走散了。可是广末记得，那个男孩的手掌拍在自己背上，如此温暖。人世间多得是锦绣上的花朵，最稀罕的是大雪时的炭火。

如果真的有世界末日，那么广末觉得自己可以走得更加安心一点。因为她的确在那一刻，被温暖到了。不是因为电影，而是因为掌心。那一点温暖从广末的背后，传递到胸口之内的心脏。

人的心脏太过柔软，不能用沙子去除过去的锈斑。只能以温水洗涤，细心呵护帮助愈合。

但也许世界上根本就没有那个男孩也说不定，男孩给广末拍背，那个老人问男孩的话，统统都不过是广末的幻想。

◇ 6 ◇

广末去了湖边。在那座湖的侧畔，广末度过了四年大学，她遇到了顾湘。之后她参加了顾湘的葬礼，回到学校后，也不再经过湖边。

她在经历了番茄鱼男孩，又经历了似真似幻的电影院男生之后，她换了一份靠近母校的工作。徘徊在湖边时，广末回想着自己人生中的第一个深爱的男孩。在他的忌日，她会给他的父母，写一张祝安的卡片。

这一天，广末在湖边遇到了一个背着双手的老太太。这个老人也在湖边眺望许久，然后他坐到了广末身边。

这个老太太打量着广末的面孔，忍不住对她说：“孩子，你看起来很悲伤，好像失去了生命中最重要的什么。”

广末只能点头，老太太猜对了。

“嗯，我的老伴，他也去世了。就在半年前。我在这个学校教了四十年，我们结婚三十年，然后他总是不能戒烟，确诊是肺癌的时候，就已经晚期了。不到两个星期，他就离开我了。骨灰，就撒在这湖里了。”

广末说：“那您，一定也很难过吧！”

“非常，非常难过。”

两人静默了，老太太不再说话，她伸出手放在广末的背上，轻轻拍打着。良久，老太太又开口说，“在他去世以后，早上起床，我不知不觉就去厨房，给他煮他生前最爱喝的红薯粥。我喊他的名字，没有回音，我才醒悟，红薯粥他是再也吃不到了，最后我就把粥倒掉了。”

广末静静地倾听着，凝视着老太太的白发。

“我本来以为，我只能忍受孤独一个人生活下去。直到，学校里外系有一位退休的教授开始约会我。”

“孩子，没有人能够忍受一个人变老，然后凄凉地独自上天堂。就算我们相互陪伴了四十年，还是没能白头到老。所以，我答应了那个同样单身的老教授，去看电影。可是我看着看着，睡着了，等他叫醒我，电影已经放完了。出了电影院，他忽然跟我求婚，把我吓到了。作为一个知识分子，他怎么会脸皮这么厚呢？”

“后来您答应那位老教授了吗？”广末被这个故事深深地吸引了。

“孩子，你猜猜看？”老太太笑了。

广末说：“你答应了。”

“那个老头说，他要感谢一个男孩。是那个男孩鼓舞他，让他有勇气跟我求婚。”

“为什么？”

“因为，那个女孩明明一个人先到，也不跟旁边的人说话交流。那男孩子明明就不是女孩的对象啊。但那男孩却一口咬定，说女孩就是他的女朋友。于是，那个女孩就把头靠在了男孩的肩膀上。就这样，那个老头子深深地被激发了斗志，真是老夫聊发少年狂啊！实在是，太不矜持了。不过可惜的是，这些都是他告诉我的。我没有亲眼看见那一幕，也不知道是那个老头子瞎编，还是真的。”

广末此刻终于笑了，她说道：“我相信一定是真的。”

安徒生也在童话里说，老头子总是对的。

老太太微笑了：“不管是不是真的，我都答应他了。”

◇ 7 ◇

也许那就是个大大咧咧的男孩，可以随随便便就说一个陌生女孩是自己的女朋友。也许，那男孩是个高手，轻易便看出了广末的脆弱悲哀，总之，他很绅士，懂得体贴怜惜一个女孩儿，所以他暂时冒充了广末的男朋友。

广末没有告诉那个湖边相遇的老太太，自己就是其中一个当事人。当老太太说完最后一句话，她离开了湖边。

在湖边的长椅上坐了很久，广末才从口袋里，拿出一张电影票。时间广场电影院第5放映厅的3排13号，这是顾湘那天未曾使用的电影票。广末将它放在手心，又握紧拳头。

老太太的最后一句话不是对广末说的，而是看着湖说：“我会好好活下去，也会常常来看你的。”

一些白色的水鸟盘旋在湖上，时高时低，时聚时散，云影倒映其中，湖水慢慢地流淌。这风景水天一色，而失去之人，去往了世界尽头，永不再返。沉默之中，广末仰起头，头顶的云，已经不再是之前的云。

在她手心里，永远失效的电影票，封过了塑料膜，被完整无缺地保存下来，侧边的入场部分和票根紧紧地联系在一起。

世界曾经无比冷酷，但广末不该对自己同样残忍。她站起身，晚风吹起，电影票翻转着飘向湖中。

彼此相爱，
但不要成为束缚。
彼此驯服，
但不要囚禁自己。
离开我们的人，
希望我们快乐。

直至遇到对的人

多刻骨铭心啊！

他在操场上追赶了她将近9圈，他筋疲力尽。

时间继续推移，漫长的半个小时后，最后大羊领先牛角三个来回，牛角倒在跑道上欲哭无泪，两脚酸麻，一脸泥沙。

◇ 1 ◇

十年前的小城里，市八中的操场上，牛角说要追大羊。

当时的大羊，完成功课后无所事事，她忽然发现有人靠近她，靠近的步骤如同战场上匍匐爬行的士兵。

牛角说：“大羊……”

“什么？”

他费力地发问：“你觉得我怎么样？”

“什么怎么样？”

牛角语无伦次：“我叫牛角，我拿了奖学金，请你吃……”

“我知道你叫什么。我不吃。”

舌头僵硬越急越无话可说，牛角抓头。

大羊漫不经心地看云彩，当时的黄昏当时的天空，浓得像一盘番茄蛋花汤。

大羊反问：“那你凭什么？”牛角结巴了一下，回答：“什么……什么都不凭，我就是喜欢你。”

遇到这么臭不要脸的男生，大羊反倒笑了，

她说：“我明白了。”

大羊很仔细地打量着牛角：“我给你一个机会。”

一个机会，伟大的机会令牛角喜出望外，他几乎感激涕零。

大羊蹲下，单跪一条腿："跑赢我，我就答应你，做你的女朋友。"

牛角简直乐坏了。他看过大羊跑步，虽然还不错，但他有信心。

肉眼观察，其实没多远的距离，绕场一周也不过四百米。

牛角闭上眼睛，看了看当时的天空，当时的云，颈椎在仰望的姿势保持的时间长了，有一点轻微的晕眩，好吧，大羊，我来了。暮色夕阳浓厚无比，牛角朝大羊迈步。

大羊又高又瘦，跑起来，就像一只飘逸的羚羊，御风而行。

其实只有一刻钟，但漫长的仿佛很久很久。最初还有意识支撑，最后，当一个男生的脑海里忘了天忘了地，忘了爹娘，忘了最喜欢的女生，只想着肺，我的肺，要爆炸的肺，他是何心情？

牛角扑倒在地上了。在跌倒的同时他下意识两手抓满了沙子，沙子漏掉。牛角在地上抬头，看着弯腰喘气汗如雨下但是得意扬扬的大羊，绝望这个词，第一次从书面进入了他的身体内。

多刻骨铭心啊！

他在操场上追赶了她将近9圈，他筋疲力尽。

时间继续推移，漫长的半个小时后，最后大羊领先牛角三个来回，牛角倒在跑道上欲哭无泪，两脚酸麻，一脸泥沙。

牛角觉得自己变成烧掉的热气球，蔫了不说，还直接坠入深渊。

大羊擦把汗，对牛角挥挥手。她平时小跑当消遣，根本没拿出真本事。跑赢牛角完全没挑战。

众目睽睽之下，牛角的脸全被自己丢光了，牛角跑得瘫掉了，他输给了一个女生。

大羊擦擦汗走了。走之前，她望着牛角，仰起头笑了一下。

牛角痛恨自己，问自己："你为什么自讨没趣自取其辱？"

他心情很复杂地爬起来，默默地走回教室，并默默地把对大羊的感情从爱恋转变为——恨。

教室里的人都看着他哄笑，他又默默地回宿舍，默默地洗澡换衣服，默默地刷牙，刷到一半，牙刷折断。牛角决定，人生中永远不必再提起这个女孩和她的名字。

◇ 2 ◇

多年后牛角在北京那条有名的金融街上班，隔壁有个挺大的办公室，常年坐着一个慈眉善目的老头。牛角问他毕业于屁大的同事，老头看起来好神秘呀！

这单位里都是名校生。

同事平常管牛角叫禽大的。这两个叫法其实挺形象的，一个是牛气哄哄的圆明园职业技术学院，一个是满地清一色饥渴理工男的五道口理工学院。他们相互取笑，贵校吹牛过头像放屁，贵校压抑似禽兽。

屁大的同事告诉牛角，老头姓陆，以前管三峡大坝的。

三峡？离牛角的老家挺近，但牛角从来没去过。那个书本上的人造大工程，改变了无数人的命运。在牛角的家乡，有好多从库区搬过来的移民。牛角心中忽然冒出一种奇怪的东西，像小小的泉水，又像一阵风，吹过寂静的树林，沙沙作响。

周末，牛角买了票，转高铁，转客车，再转三轮。他去了一个叫宜昌的地方，看了一眼大坝之后，他就回北京了。

其实牛角完全可以顺道回家乡的，但他没回去。这一趟行程，谁也不知道。

◇ 3 ◇

在学校食堂吃饭，楼上一直大呼小叫，男孩在喊，来，走一个。女生则大叫，某某，祝你生日快乐。奶油蛋糕掉到楼下牛角的餐桌上，牛角没生气，接着吃，但他的女朋友生气了。

“牛角，你去，叫他们消停一会儿，还让不让人好好吃饭了！”牛角的女友命令说。

牛角就跑上去，满脸假笑：“哥们，高兴归高兴，不要乱扔东西嘛！砸到花花草草多不好，扔到小朋友也不好呀！”牛角一指楼下，一楼的确有老师带着孩子在吃饭呢！

桥段虽老，有效就行，那些学生就咯咯发笑，连忙说：“不好意思，我们注意点。”

在庆祝生日的学生里，有个女孩抓起一听青岛啤酒丢给牛角：“来，你也走一个，当我们向你赔礼啦。”

牛角伸手接住，仔细看着女孩还有她的脸，他口干舌燥，打开罐子，一口气喝光啤酒。牛角等了一会儿才走下楼梯，那女孩忽然回头，认出牛角了，不过她实在喝太多，醉得过头了，扭头靠在椅子上，脸上有红云掠过。

◇ 4 ◇

晚上牛角做梦了。梦见自己走在沙漠里，走着走着发现肩膀挺冷，仰头看，天阴沉下来，雪撒下来。问题是明明是五月炎夏。呆了一瞬间，他又回到了校园里，教学楼提前亮起日光灯，体育场上一个又一个运动员在跑接力赛。

大羊跑在最前面，冲牛角挥挥手。牛角就惊醒了。这一惊非同小可，牛角怎么都没想到，会再见到大羊。

牛角很想告诉大羊，他一直记得她，他还去看过三峡大坝了。

那大坝很高很大，泄洪之时，水声在群山间回响。那里才是大羊的故乡，好山好水，孕育出大羊这样的姑娘。

大羊的家人亲人，为国家做出牺牲，背井离乡。她们一家人迁到了牛角的家乡，重新开始生活，所以他们才相遇在当地的中学。

大羊却觉得没有解释的必要了。在她的少女时代，拧巴地拒绝一个其实心里有好感的男孩，就因为她得听父母的话，她要专心念书，考一个好大学。而且全国的大学那么多，北京、上海、武汉、广州、西安、南京……谁知道谁会去哪个城市念大学？茫然开始，毕业那天就失恋，她肯定哭得很惨。长大后大羊也能理解自己，离开过故土的人没有安全感，很害怕一切又要从头再来。

在屁大的学生食堂再碰头时，牛角伸出手，大羊握住他，牛角的手心有点出汗，大羊明显感觉到了。他们像很久不见的老同学那样，假装热情又保持距离地打招呼。

牛角问："你怎么会在北京？记得你考上的学校在武汉。以及，上次是你生日？"

大羊答："不是我生日，是我男朋友，他在这学校读研。"现在的大羊，比中学时代更高更壮，她不像从前那么瘦，另有一种洒脱坚挺的美。牛角在心里沮丧，但脸上完全没露出难过的痕迹。

"改天一起去公园烧烤啊！和男朋友一起来呀，人多才热闹。"

"好，我蛮喜欢吃烧烤的，配上青啤最爽了。"大羊把手回到男友的胳膊弯里，牛角看一眼女友。

他们的对话到此为止，然后挽着各自的恋人向前走。这世上先得有相遇，然后才有久别重逢。

◇ 5 ◇

其实大羊和当天挽着的男朋友已经分手了，很和平地谈妥，搬完东西各奔前程。男友出国了，大羊决定换一个工作，去应聘空姐。告别前，他们一起庆祝了男友的生日。男友夸大羊，她简直是万中无一的女汉子，不然哪会这么放得下？

大羊心里只有两个需要消音的字母，但她没说出口。没有什么放不下放得下，那是因为我已经不爱你了。

失恋的大羊去参加空姐培训，给千奇百怪的乘客发飞机餐，收盒饭垃圾，扣安全带，送小毛毯。在飞机机舱中间那条窄道上走来走去，就是大羊每天的工作。这工作看着光鲜，其实也很辛苦乏味，得自己学会找点乐子。

第一次坐飞机，拉开挡板，天空亮得令人晕眩。值勤飞了无数次以后习惯了。其实她功课挺好，但她更喜欢运动。她考到了人大读外语，下课后流窜到北体看男孩们训练。

大羊觉得，在田野瞎跑，下水抓虾子，上树逮蝉的童年，那才配叫童年。她喜欢跑步，风吹在脸上，蒸发汗水，又热又凉爽。

跑步是一种剧烈运动，运动就会排汗，就会冒酸味。大羊在北体交到的男友很生气，身边的全是臭男生就算了，你一个女孩子，干吗这么喜欢跑步？我跑的时候，你就不能老实待着给我送水送毛巾吗？

这话让大羊更生气，但又觉得挺难反驳的。安静待着不难，但那就不是她自己了。年轻时人都挺倔强的，不能改变，那就散伙。

有那么一刹那，大羊想起那些年，真正追过她的男孩。她在跑道上风驰电掣，牛角在后面苦苦追赶。可惜那男孩太自信了，以为自己的体力像功课一样好。牛角那种城市男孩，平时充其量跑个一两千米，根本追不上从小奔跑在丘陵旷野上的大羊。

大羊和北体谈上的第一个男友分手时，心想，亲爱的牛角同学，如果我们再见面，你还会追我吗？

第二次分手，她就和牛角久别重逢了。

时间才是最伟大的工程师，大羊脱下球鞋，穿上高跟鞋，飞机带她去往世界各地。最开始的新鲜劲儿过去，大部分时间总在万米高空，大羊突然想念陆地上的家了。

她的家，从三峡库区到江汉平原。她的人再从南到北，离开小城市，来到大城市。大羊自言自语：Country Sickness。

1678年，瑞士医生让·雅各·哈德用希腊文词根，创造了一个新词，传遍世界，人们的语言不同，乡愁却一样。但也许大羊的心中不只有乡愁，还有无处安放的一类感情。

◇ 6 ◇

牛角真的钻牛角尖了。

几个月后，他知道大羊分手了，就去找大羊，遗憾的是他没找到。牛角的女友气急败坏，骂牛角是个劈腿的贱人，狠狠地扇了他十七个嘴巴。一个月一耳光，他们刚好交往一年零五个月。

牛角的女友刷光了他的卡，然后回家了。

牛角完全不反驳，一副心甘情愿任人宰割的决绝相。他决定找到大羊。世界上的所有事情都有概率，空姐是会调度安排的，如果坚持只坐一家航空公司的飞机，他们总会见到的。

牛角坐上了她值勤的中国国航的波音飞机。这班飞机两个小时后降落在韩国。

半个小时不到，乘客们就开始东倒西歪睡觉了。起飞前，牛角观察了好一会儿，看见大羊进去帘子后面。还是那张脸，化了精致的妆，不过人似乎瘦了。牛角起身，跨过一个吃零食的肥胖女人和一个打呼噜的中年男子，向着飞机前方而去。

十年前功败垂成，这一回他的心脏跳得特别厉害。而窗外，乌云像被蜂蜜吸引凝聚的蚁群，不时摩擦出电光火花。飞机这时摇晃了。全机的乘客开始惊呼，大羊回过头打开广播安抚大家的情绪，但说实话，她自己也很害怕。这害怕让她忽略了蹲在角落的牛角。

那班飞机最后有惊无险地降落。但大羊走了，她和另外一个空姐换了班。

大羊跟同事嘀咕着求帮忙，然后下了飞机，给牛角打了个电话。她想再问他，要不要再追我一次？

遗憾的是，对方的手机关机了。这令大羊的心情很不好，糟糕透了。如果是十几岁的大羊，她一定要跑去操场，恶狠狠地跑上二十圈，两脚踢起地上的尘土，在风中飞奔。

最好最享受的，只有当年跑过的操场。大羊深呼吸一口气，心意忽然尘埃落定，既然那么怀念学校的跑道，为什么不去跑呢？她真的请假了，跑回市八中。教学楼翻新刷白了，食堂扩建得更漂亮，操场大了一圈，水泥柏油跑道换成了全塑料跑道。有个男生喜欢她，不过她羞辱了他，令他投降放弃了。

大羊没想过牛角会一直等她，事实证明，再见到牛角时，牛角有了可爱的女朋友，读了很好的大学，还是一个金融行业的青年才俊，说不定过几年孩子就可以打酱油了。然而，牛角喜欢过她，那个年少本来的她。

在遇到了乱流而摇晃的飞机上，大羊看见天空灰暗，大地逼近，汉江倾斜，人世间只有混沌深重的黑。然后，机翼像大镰刀扫过看似永无止境的积雨云，坚强地离开了平流层。生死在那一刻全然由不得控制，何况是感情。

在当年的学校跑完了二十圈，半个月后，大羊辞职了。走遍世界各地，她选择回家了。她去市八中应聘老师。那学校还有她的老同学留校了，大羊厚着脸皮去拉关系，请好姐们吃饭。老同学看大羊的眼神，像看深井里的大冰块。

“我说大羊啊，你是傻了吧？空姐不当，来这个小地方当老师？你是不是得了神经病啊？”

大羊很坚定：“当老师有什么不好？寒暑假期，职业稳定。”吃东西前，大羊跑了三千米，浑身发热，她踢掉鞋子，光脚踩在折凳上。

“好吧！”老同学无可奈何。

大羊和同学干杯，喝了很多的金龙泉啤酒，消灭数不清的烤肉串、土豆片、香菇和鸡爪，她吃得满头大汗，身上的T恤、牛仔裤全印上了汗渍。

◇ 7 ◇

2013年过去，新年来了。大羊带着一群稚气的学生，沿着人行道跑步。跑过了拱桥，跑过了菜场，跑过了公园，跑过了高楼大厦，跑过了一片水杉林，跑到了汉江边。

这个小城在汉江，长江最大的支流汉江穿过它。新年的江边雪白一片，一大群年轻人在岸边办婚礼。

大羊大步地跑，向着更广阔的平原奔去。她的大红围脖，和绑了马尾的头发，迎着小城带着家禽粪便气味的春风飘飘扬扬，潇潇洒洒。孩子们在身后追赶着大羊，她没能听见牛角几个月前在韩国的汉江边上，喊出她的名字说爱她。

但她很可能在人生里的第二个故乡，在真正的汉江边，听到那句告白。

事实上，那次飞机安全降落时，牛角开始实施他自认为惊天动地的告白计划。他在机场的留言簿上写满了大羊的名字，贴满了拍下的汉江照片，最后他大笔一挥，署了名。

他深情又绝望地等了三天。第三天，他下了水，悲伤地走一步，又走了一步，江水快要没顶时，牛角大喊了一句："大羊，我爱你。"

在场没有女主角大羊。几个留学生刚好路过，一起回答想不开的牛角："没问题，思密达。"然后他们一片哄笑。牛角也笑了，自己爬上岸。

人生中那些郁郁闷闷，他决定都放下。他重新认识了女孩。这个女孩跟他相亲了，订婚了，筹划婚礼了。一个适合嫁，一个适合娶，适婚年纪的青年男女。剔去过去阴影的牛角，渐渐淡忘了，物是人非的人，物是人非的记忆。

他率领伴郎同伙登门迎接新娘，接到婚礼现场。

一身雪白的女孩蹦跳着逃开，牛角追赶上去。

顷刻之间，重重叠叠，无尽的画面闪回。牛角举步而跑的时候，想起了大羊。有一队年轻的学生远远跑过去，被最前头的老师带领着，一群鱼一般，欢快地游走。

大羊，少女的她，那一次倾尽所有的力气拒绝了牛角，在牛角的生命里刻下她的深重痕迹。

新娘抱住牛角的脖子，他回过神，吻了下去。他不再钻牛角尖。

与此同时，少年牛角，同样倾尽全力，深刻在大羊的一段人生上。留到日后她用来省悟。那个男生，他跑到瘫倒，但并非中途放弃。

此刻，她带着一群学生，小跑前进在市区的人行道上，行道树光影错落闪烁，沿途吹口哨，加油喊着口号。跑过了学校，跑过了商城，跑过了公园，跑过了酒店，跑过了湖边，和湖边的集体婚礼。

她心无旁骛，向着更广阔的郊野而去。风吹得绑马尾的头发纷纷扬扬，她更喜欢做这样的自己。

大羊有勇气继续等待下去，直至遇到对的人。

你在我生命中镌刻下痕迹。
让我知道，
我曾被深爱过，
有勇气继续寻找下去。

【告诉你】

如果你看见
最大的月亮落下来
记得告诉我
如果我遇到
天上的人飞得更高
我也会告诉你

【眷顾】

我一生被远处楼顶的月光眷顾
被你年轻的手轻拍脊背
被整理头发
被扣紧衣扣
也被系上鞋带
被风吹雨打
被哭泣盖住胸口
被天真问起
被四季催促
被日落时分经过的火车惊醒
我只知道
乌鸦怀抱鸽子的时候最温柔
遍体找不到伤痕的人本就是伤痕
而最后
我要将我的脸颊
贴上你的脸颊

【我未曾】

我未曾撕碎一本书

我未曾烧掉一封信

我未曾黄昏时举头望见北斗星

我未曾走向某种温柔

我未曾万般痛恨

我未曾大雪纷飞前往故乡

我未曾枯坐沉吟

我未曾跳上火车

我未曾如此爱你

我只目睹你的背影

我只遗忘你的名字

【长留】

后来我回到林中

一切格外安静

我们聊了起来

高谈阔论，天是亮的

不必前行了

你当然记得

我曾穿行密林

抱过林中的树木

我们没有交谈，不再叹息

日将渐息

我已不能长留

【少年时】

那时樱花无人看
走遍整个大道
云很寂寥，春雪待扫
写好的诗，再尽情撕掉
少年们趁夜不归
食物芬芳，火锅正好

【麋鹿】

是大雾中注视你的鹿
突然跳过木桥
是你尾随而去，独自坐下
看了很久的山月
是突然醒来的夜
环抱住你所在的世界
是尘埃令你透明
是饥饿分开胆怯
是你闭上眼睛，低声致谢
你所拥有的
不过是清晨和黄昏
你所思念的
不过是平原和旷野
能够自生的
也能够自己熄灭

【标本】

为了得到庆幸
我曾投身噩梦
为了尝到蜜糖
我曾舔舐蜂尾
为了习惯长夜
我曾反复醒来
为了捕捉光线
我曾眯起双眼
当我回头凝视白色空墙
我穿过记忆又停留在时间中
我听见叹息却忘记了困惑
最后遗失所有履历
某个周六的下午
有人叫出我的名字
当我陈列在博物馆

【猜测】

我等着
等着春风亮出手心
山峦随呼吸起伏
我摸着
摸到时间的骨头
摸到流水的皮肤
这所有的动作
都是你给我的猜测

【年轻的老虎】

我慢慢潜入海里
而海继续宁静
月亮低悬
像一头年轻的老虎
沉默比光明耀眼
天空比航行漫长
在我飞行的时候见过你
那的确是真的
我从未降生
也不会死亡
我们重新照面时
有人哭着
有人大笑
有人皱眉

【孩子】

明天再来
我们要关门了
合拢铁栅栏前管理员费力驱赶人们
公园清空以后，鸟虫缄默
花草困倦
路灯归于漆黑，缄默旁观
又满心疑虑
那个故意躲在林中的孩子
他不回家吗?
他低头不语静候天亮

呼吸时庄重肃穆
仿佛拥有这座公园
仿佛雪中的幼豹
孤岛的主人

【在中山公园看动物】

猴子凝视着孔雀徘徊
前往南方的飞机上
犀牛坐在倒数第二排
袋鼠睡了很久总算在午后醒来
对面那对情侣喂过长颈鹿就接吻，顾不上太阳那么晒
山羊很白
蓦然回首的骆驼在犯困
和我一起打了个哈欠
如果时间来不及
我在中山公园看完动物就去找你

【匆匆】

我走了很远的路
不想再走了
抓住我吧
用那风起时
云中涌出的寒冷手掌
带我走，在我不再年轻的时候
别管灯光
别管那些看似平静的漫长

【致猫】

你是拉风的琴箱
也是午夜的炉火
你是我怀中的恩物
我听德彪西的时候
最喜欢摸你

我问你被窝的感觉如何?
你用呼噜作答
深深地催眠我
你这温暖无情的魔

【寄给你】

树叶是树的明信片
代替我
秋天邮寄给失踪的猫 孤独的狗
眼看十一月就要完了
你要多吃一些又甜又热的栗子
为了下一次再见面
我不会心疼你的瘦